U1012746

公安文学
四十年

张策 著

群众出版社·北京

目录

第三章　势如破竹：公安文学的成长期（1988—1998）

第四章　集结成军：公安文学的爆发期（1998—2008）

第一章　绪　论

本书将对中国公安文学四十年来所走过的历程和所取得的成就，做出适当的回顾和评价。也将以个人的视角，对公安文学未来的发展趋势进行粗略的分析，以得到更多方家的指教。

第一节　四十年的辉煌

我们这里所说的四十年，始于我国改革开放起始的 1978 年，截止于全国隆重开展纪念改革开放四十年活动的 2018 年。这四十年，不仅仅是我国政治、经济和人们思想意识形态发生翻天覆地巨大变化的四十年，也是我国文学艺术事业蓬勃发展的四十年。同样，这四十年也是公安文学发展史上最重要的历史阶段。在这一历史阶段中，公安文学完成了由弱变强，由分散至集中，由个人行为转变为领导重视、社会关注、组织有序、创作旺盛的文学现象，公安文学的整体社会地位和职业认同得到了空前的提升。

这样巨大的文学成就，毫无疑问地，源于四十年间改革开放的不断深入发展。

1978 年 5 月，《光明日报》发表特约评论员文章《实践是检验真理的唯一标准》，掀起了席卷全中国的真理大讨论，由此奠定了改革开放的思想基础。同年 12 月 18 日，党的十一届三中全会召开，正式掀开了新中国发展史上崭新的一页，从此中国走上了全面对内改革、对外开放的发展道路。四十年的改革开放不断深入，对中国发展的影响是巨大的，深刻涉及中国社会的方方面面。有学者总结认为，四十年间，中国实现了四个伟大转变："一是从经济发展看，实现了从封闭型经济弱国向开放型全球经济大国的转变；二是从治国理政看，实现了从单极化传统管理向现代公共服务型治理的转变；三是从城乡结构看，实现了从落后的乡村型社会向富足的城乡融合型社会转变；四是从社会民生看，实现了从温饱向小康的整体性转变。"① 而且，从四十年的历程看，中国的改革开放也已对当今世界产生了深刻的影响。正如习近平总书记在党的第十九次全国代表大会的报告中所说："中国特色社会主义进入新时代意味着中国特色社会主义道路、理论、制度、文化不断发展，拓展了发展中国家走向现代化的途径，给世界上那些既希望加快发展又希望保持自身独立性的国家和民族提供了全新选择，为解放人类问题贡献了中国智慧和中国方案。"而上述重大的转变过程与结果，必

---

① 陶希东：《改革开放四十年的伟大转变及历史性成就》，载《经济研究信息》2018 年第 5 期。

然在文学艺术创作上不断产生深刻影响，改变甚至催生出新的文学形态和文学样式。

中国公安文学在这四十年间的发展与嬗变，既是改革开放的重要成果，也是改革开放促进文化发展的有力佐证。而且，中国公安工作的特殊性质与发展变化决定了公安文学最基本的特征。

众所周知，公安工作是社会管理体系的重要组成，公安机关是捍卫党和国家利益、保护人民群众生命财产安全、维护社会稳定的重要国家机器。随着改革开放的逐步深入，公安工作在社会管理体系中的地位和作用越来越凸显重要。而文学艺术，是被社会生活深刻影响与左右的一种意识形态。公安与文学的结合，势必产生出一种既充满公安精神，又紧紧贴近社会生活，洋溢着独特文学魅力的文学品种。这种文学是高度现实主义的，它在本质上就拒绝虚无缥缈的编造。这种高度依赖生活、以反映生活为主体的文学形态，注定了公安文学是改革开放忠实的记录者和反映者。在这四十年间的公安文学作品里，读者永远呼吸到的是改革大潮汹涌向前的气息。

这种鲜明的社会性特征，不仅反映在改革开放时期的公安文学创作中，而且已经为自中华人民共和国成立以来的长期公安文学创作实践所证明。中华人民共和国成立初期，公安文学的总体内容以反特除奸为主，充分反映了新生政权建立之初的社会生活状态和公安工作主线。20 世纪 60 年代，随着社会主义建设高潮的兴起，以《今天我休息》为代表的一批以歌颂新事物、新形象为主题的公安题材文艺作品出现。粉碎“四人帮”

之后，在所谓“伤痕文学”的浪潮里，也不乏公安题材作品的影子。公安文学，始终伴随着社会主义中国的前进步伐，它的血脉里永远有着与祖国同行的基因。

电影《今天我休息》，上海电影制片厂 1959 年出品

文学是人学。文学艺术最重要的功能是对人性的赞美与剖析和拷问。改革开放使中国人的思想意识、价值观念都发生了巨大而深刻的变化。这种变化也势必在公安文学中有真实的描写和全面的反映。

中国现代文学史研究普遍认为：“对于‘人’的现代性的发现，现代人对自我的认识、发展与描绘，人对自我的对象化，即‘人’的观念的现代化演变，是贯穿与推动 20 世纪中国文学发展的内在动力。”① 在四十年公安文学的发展过程中，曾经有

① 朱栋霖、吴义勤、朱晓进：《中国现代文学史》，北京大学出版社 2018 年第 3 版。

过一个由不太注重人物刻画到着重探寻人物内心世界，特别是从事公安职业的人物的内心世界的认识过程和变化过程。这个过程是作家们自觉的探索，也符合专家们对中国文学发展脉络的分析和判断，证明了这种分析和判断的正确性。在改革开放的四十年中，公安文学直面复杂的社会变化，直面多样的价值体系冲击，直面科技进步带来的社会生活状态的变革，始终把关注点放到中国人的进步与变化上。无论是赞美、颂扬，或是批判、揭露，公安文学的爱憎始终分明，立场始终坚定，对人性的剖析每每有发人深省之笔，也涌现出了一批优秀作品。

四十年改革开放带来的巨大科技进步，对公安文学的影响也是空前的、深刻的，甚至是方向性的。可以预见，这种影响将在未来引导甚至左右公安文学的发展方向和趋势。

在这四十年间，中国文学最大的变化之一就是依托着科技进步而发展的网络文学的迅速崛起。据统计，截至 2018 年 6 月，中国网民规模达到 8.2 亿人，2018 年上半年新增网民为 2968 万人，与 2017 年相比增长 3.8%，互联网普及率为 57.7%。其中，2018 年上半年中国网络文学用户规模为 4.06 亿人，比 2017 年年底增加 2821 万人，在整体网民数量中网络文学用户比例达到 50%。数据还显示，2018 年上半年中国手机网络文学用户规模为 3.81 亿人，与 2017 年年底相比增加 3173 万人，占手机网民数量的 48.3%。数据充分证明，网络文学的迅猛发展，为中国文学事业带来的冲击与机遇不可小觑，它在文学体裁、写作方式、发表阵地、产业转化等方面已经带来或将会带来的深刻变化，仍然是我们至今难以完全预测的。

值得注意的是，公安文学在网络文学的冲击下始终没有萎缩或退让，反而借助网络的力量乘势而上，迅速适应并借机发展，很快成为以类型化为标志的网络文学中一种受读者欢迎的重要类型，产生了以雷米（刘鹏，中国刑事警察学院）、秦明（安徽省公安厅）等为代表的优秀的具有强大社会影响力的公安网络作家。特别值得一提的是，由于公安机关是较早使用网络开展业务工作并进行队伍管理的政府机构，在公安机关政工部门的各种内部网站上，也活跃着一大批热爱文学创作的业余作者。他们的作品虽然不像知名网络作家那样在社会上广泛流传，但因其短小精练、贴近生活的特点，也因政工部门出于思想引导、管理队伍的初衷而给予的鼓励，成为最具公安文化群众性特征的文学作品。同时，也成为公安文学发展的强大基础和储备。

需要强调的是，不容置疑，公安网络文学是改革开放带来的全新产物，是我们研究改革开放四十年公安文学的重要参照物和重要内容。

综上所述，改革开放四十年对于公安文学来说，是非常重要的发展阶段。这种发展，甚至可以用井喷式的发展来形容。之所以出现这样的发展趋势，源于以下几方面的重要原因。

一、自新中国成立之初就开始起步的公安文学创作，经过至 1966 年之前十七年的创作实践和经验积累，又经过了 1966 年至 1976 年十年中的磨难和之后的反思，已经初步形成了比较成熟、比较系统的创作体系和创作思维模式。对党忠诚、服务人民、遵守法律、爱憎分明，已经成为中国公安文学的基本遵循。

二、改革开放带来的思想解放，特别是境外各种警匪题材创作的成熟经验和模式，开阔了作家的眼界，引发了作家的思考和借鉴。例如，香港地区的警匪影片、日本和英国的侦探小说等，拓宽了过去我们只接触苏联警察文学样式的狭窄视野，给我们的公安文学创作打开了一片广阔的天地，提供了多种可能性。

三、改革开放本身为公安文学提供了大量的鲜活的创作素材和思考。特别是在这四十年间，公安工作本身也在不断地适应改革、服务改革、进行自身改革，公安工作改革发展焕发出的活力和所取得的成就，广大公安民警在保卫改革开放事业中所付出的牺牲奉献，成为公安文学取之不尽用之不竭的创作素材，使公安题材成为名副其实的文学“富矿”。

四、各级公安机关领导对公安文化工作重要性的认识越来越清晰，“文化育警，文化强警”的口号逐渐深入人心，公安文化建设得到了高度重视。公安文学创作的组织工作越来越完善，公安作家们的创作环境和创作条件越来越宽松，为公安文学创作水平与质量的提升提供了有力的保证。

五、公安队伍结构发生了巨大变化，知识化、年轻化的格局已经形成，公安队伍的整体素质不断提高，对文化的需求越发强烈，对文化产品的质量水准要求也越发严苛。同时，因热爱文学而开始尝试创作的青年民警越来越多，创作的目的性和艺术追求也趋于多元，公安作家创作梯队已经初步形成。

六、社会文学艺术界对公安工作和公安文学的理解和关注不断加强，公安机关对外开放的力度也在不断加大。乐于尝试或深度参与公安文学创作的社会作家越来越多，他们经常性地深入公安生活，用他们独特的视角理性观察公安工作，不断推出了别具一格的优秀公安文学作品。

总之，公安文学跟随我国改革开放的脚步而前行，在四十年间创造出了辉煌的成绩。对这一阶段公安文学繁荣发展的实践经验进行回顾和总结，对于公安文学的持续发展是大有益处的。

第二节　早期公安文学的发展历程回顾

我们前面说过，公安文学在改革开放四十年间的飞跃式发展，首先有赖于自1949年中华人民共和国成立以后至改革开放前夕公安文学成长进步所打下的良好基础，有赖于那个时期逐步形成的基本创作指导思想和创作组织体系，有赖于公安文学前辈的不懈努力和探索。

“以新中国成立为标志，中华民族实现了从几千年封建专制向人民民主的伟大飞跃，这个伟大飞跃也是党所领导和创造的新民主主义文化向社会主义文化的伟大飞跃。六十多年前，当开国大典的礼炮还在祖国和世界的上空回响，全国公安高级干部会议（后来称为第一次全国公安会议）即于10月15日召开；11月5日，行使国家职能、象征人民政权的公安最高指挥机关——公安部举行成立大会。由此我们说，新中国的公安文化本质上就是国家文化、政权文化。”①

以上这一段论述，清晰而明确地对公安文化以及隶属于公

① 公安部宣传局、全国公安文联：《人民公安文化建设》，群众出版社2017年版。

安文化范畴的公安文学的基本属性做了阐述。历史的实践证明，公安文学的发展，从蹒跚学步开始，就是在党的坚强领导之下，从始至终与时代步伐同行，与国家命运同步，紧贴公安工作与公安队伍建设实际，旗帜鲜明地坚守着正确的政治属性和职业操守。

党和国家始终高度重视公安队伍的文化建设。公安部领导也较早地将公安文化建设明确地提到应有的高度。1958 年 8 月 16 日，时任公安部部长罗瑞卿在第九次全国公安会议结束时的讲话中就提出："公安文化就是要大大提高。要办学校，将来我们要学会搞电影、唱戏，学会写小说、写通讯，学会办教育。什么文学艺术这一套都要提倡……要办红专大学，要以公安业务为主，搞点文化，搞点理论。公安本身就有理论有文化，这个口号不是今天才提出，早就提了。"从时间节点上看，罗瑞卿同志的这次讲话，既是对之前公安文化发展状态的分析总结，也是对之后公安文化发展提出的更高要求。

根据现有资料，中华人民共和国最早的一部公安文学作品，是拍摄于 1949 年的电影《无形的战线》（伊明）。影片通过新生政权的保卫者与潜伏敌特作斗争、最终挫败敌人阴谋的故事，首次将人民公安形象搬上银幕，为公安文学的成长与发展创造了一个良好的开端。有意思的是，公安文学的初始阶段，是以电影为重要标志的。在罗瑞卿同志的重要讲话之前，在新中国的银幕上已经有了如《人民的巨掌》（夏衍）、《斩断魔爪》（赵明）、《一贯害人道》（颜一烟、夏幼红）、《山间铃响马帮来》（白桦）、《天罗地网》（石方禹）、《虎穴追踪》（应慈、任桂林）、《国庆十点钟》（吴天改编）、《寂静的山林》（赵明）、《羊城暗哨》（陈残云）等影片。其中如《山间铃响马帮来》《寂静的山林》《羊城暗哨》等优秀影片当时曾轰动全国，并成为新中国电影史上的经典。

这样的现象产生的原因，大概有两点：一是当时中国电影制造业已经相当成熟，并且已经有了由中国共产党掌握的电影队伍（如新闻电影制片厂、东北电影制片厂），即使中华人民共和国成立前夕在国民党统治区的电影机构，也有大批左翼电影工作者存在。他们对于拍摄以拥护和保卫新生政权为内容的故事影片有极大的热情。二是在当时的形势下，我们党也急需向广大人民群众进行除奸防特、巩固政权的宣传，而电影显然是宣传面最广、宣传效果最直接也最好的艺术形式。需要特别指出的是，公安题材影片的大量出现，从一开始就表现出了与公安工作紧密结合的特点。例如，《一贯害人道》《姐姐妹妹站起来》这样的影片，完全就是紧紧跟随着打击一贯道、全面查封妓院这样的公安机关集中统一行动而拍摄的。这样的现象也告诉了我们一个独特的艺术规律和经验，即公安文学始终与公安宣传有着密不可分的关系。研究这种关系，处理好这种关系，是公安文学理论研究的一项重要内容，也是公安文学工作者一项重要的职责。

特别值得一提的还有拍摄于1950年由老舍先生同名小说改编的电影《我这一辈子》（石挥），影片将视线聚集在旧时代警察命运的坎坷上，用笑中带泪、诙谐中见沉重的笔法，对黑暗的旧社会进行了抨击和揭露。从今天的眼光看，《我这一辈子》

是一部别具一格的公安题材优秀作品。

电影《我这一辈子》，中国文华影片公司 1950 年出品

罗瑞卿同志的讲话发表之后，公安文学创作进入了一个高潮期。更准确地说，这个高潮是前一个时期高潮的延续。但值得注意的是，至 1966 年以前，这一时间段内的公安题材电影作品，视野更开阔了，人物更丰满了，题材上也出现了新的尝试。例如《冰山上的来客》（白辛），不仅是一部反特题材的影片，也是少数民族题材的一部突破之作。特别是其中塑造的几个边防军人形象，个个性格鲜明。影片整体风格也恢宏大气，具有震撼人心的力量。再如《今天我休息》（李天济），堪称中华人民共和国第一部公安题材喜剧影片，其中男主人公热心民警马天民的形象影响至今，当之无愧地成为公安文学最早的典型人物形象。1979 年，群众出版社出版了《肃反小说选（1949—1979）》，标志着公安题材小说的逐渐成熟和发展。这一时期的公安小说，与同时期的公安电影一样，在取材上偏重于保卫新生政权的激烈斗争，塑造人物多为以机智勇敢为标志的公安人员，故事多跌宕曲折，充满惊险情节。在人物塑造方面，值得注意的是，个别作品已经开始有了一些尝试和突破。如小说《一件积案》（国翘），这部作品不仅塑造了以坚韧不拔的毅力侦破积案的侦查员正面形象，也对反面人物进行了比较细致的描写和灵魂剖析。《一件积案》是根据“大跃进”时期全国公安机关开展集中侦破历史积案运动中一个真实案例创作，也是文学作品直接为公安工作服务的例证。

《肃反小说选（1949—1979）》，群众出版社 1979 年版

从总体看，公安电影和公安小说成为当时公安文学的重要两翼，而且许多优秀的电影作品来自于优秀小说的改编，如《山间铃响马帮来》《国庆十点钟》《双铃马蹄表》等。在这一时期的公安小说创作中，创作主体多为受党教育多年并久经考验的优秀作家，很多人经历过战争的考验，他们的创作充满了政治激情和政治责任感，也有很强的军队文艺创作痕迹。也正因为如此，他们对于文学本身的审美价值和艺术功能认识和掌握得并不充分，对于公安文学的独特性缺乏深入研究探索的意识。他们的创作，是自觉地在为党的事业服务，为新生革命政权的巩固和社会主义建设的开展服务。因此，他们的作品都带有较强的政治意识，而人物往往容易偏于脸谱化、表面化。对于职业特征鲜明的人民警察形象，他们的理解和塑造也就偏于简单，很少深入其内心世界。

群众出版社作为当时公安机关唯一的文学作品出版机构，在推动公安文学创作上始终不渝地做了大量卓越的工作。除了出版中国作家的公安题材作品外，出版社还组织翻译了大量外国同类题材作品。根据时代的特点，苏联反特题材作品当然是数量较大的，其中不乏《天狼星行动计划》《没有号码的房间》《形形色色的案件》等优秀作品。同时，出版社也翻译了一些欧美国家的作品，其中《福尔摩斯探案全集》成为经久不衰的经典之作，至今仍是群众出版社最重要的品牌图书。

在这一时期，公安题材在戏剧文学中也频频亮相，不断有好作品推出。特别是老舍先生的话剧《西望长安》和《全家福》，前者是对一个轰动全国的诈骗案件的反省，后者是对基层民警为民服务的热情赞颂，都在当时产生了非常好的效果，堪称戏剧舞台上的精品。可惜的是，出于种种原因，今天的戏剧文学中却难以觅见公安题材的作品，这种遗憾还有待后来者弥补。

[英] 阿·柯南道尔著《福尔摩斯探案全集》，群众出版社 1981 年版

在这一时期，公安诗歌、散文等文学样式的创作尚处于萌芽状态，虽有零星作品出现，但尚未形成规模。

截至 1966 年，公安文学创作的发展总体上是正常的、健康的，也是与整个中国社会主义文学事业密不可分的。从整体看，这一时期的公安文学创作有如下几个特点。

一、与国家整体文学发展态势有密切的联系，是党的大政方针政策文艺化的表现。公安文学的口号虽已提出，但并未被社会所熟知，也缺乏必要的研究，在其独特性上表现得不够明显。尽管内容是侦查破案，但人物形象、故事构架等方面公安特色并不够鲜明。

二、作者多为经过革命战争考验的优秀文学工作者，政治立场坚定，文学素养水平较高，作品质量过硬。但对于公安工作和公安民警的独特性格、职业特征等了解不深，人物普遍浮于表面化。此时公安机关内部作家队伍，特别是基层作家队伍尚未形成，个别业余公安作家虽有零星优秀作品问世（如辽宁省沈阳市公安局的骆国翘与他创作的小说《一件积案》），但未能形成影响。

三、紧贴公安工作实际，公安宣传意味明显，许多作品就是为了特定的工作任务配合宣传而作，具有鲜明的时代特征和强烈的是非观念。但对于政治功能、宣传功能的过分强调，而对文学本身的审美功能重视不够，造成了创作者在艺术观念上的模糊和偏颇。这个问题长期没有得到很好解决，甚至至今仍然是公安文学创作中的一种顽疾。

这一时期公安文学发展的最大成就，就是逐步形成了区别于其他职业的本职业题材文学的基本遵循和基本指导思想。这个基本遵循和基本指导思想，归纳起来主要有几点：一是以对党和国家的绝对忠诚作为创作主题中不动摇的思想主线，作品充满了强烈的政治责任意识和为之奉献全部而无怨无悔的公安精神；二是以全心全意为人民群众服务为创作构思中最重要的人物基调，努力塑造和歌颂为人民利益赴汤蹈火的公安英雄形象；三是以坚定的爱憎分明立场为创作意识里的是非界限，但有时因过于黑白分明的设置使得人物与故事偏于单调而脸谱化；四是以饱满而激烈的文字为创作手法中的主要样式，作品往往激情洋溢，格调昂扬向上，能获得较大的生活真实和情感真实，从而取得较好的社会反响和社会意义。

当然，随着时间的推移和社会的进步与变化，文学也在向多元化演变。今天的公安文学已经变得更加丰富多彩，更加饱满而厚重，也有了更多的表现形式。但是，公安文学的基本遵循没有变，基本指导思想没有变，公安文学永远“沉淀着人民警察最深沉的精神追求，包含着人民警察最根本的精神基因，代表着人民警察独特的精神标志，是公安队伍生生不息、发展壮大的丰厚滋养”①。

在这一阶段的公安文学发展进程中，一批优秀的早期公安文学实践者为公安文学的发展前行做出了积极的探索和实践。他们的成功经验和杰出作品，为后来者学习、继承、发展，也为之后公安文学的整体发展标出了一个高度。他们的名字，值得我们永远铭记。

我们在这里仅仅列举几位具有代表性的作家。

赵明，男，著名剧作家，辽宁人，满族。1938 年参加革命，并于次年开始文艺创作。中华人民共和国成立后调入公安部门，曾参与创办群众出版社并兼任副总编辑，并在 2004 年于耄耋之年出任全国公安作家协会理事。赵明一生创作电影剧本八部，以《斩断魔爪》《寂静的山林》奠定了他在公安影视创作上的至高地位。

张志民，男，中国著名诗人，北京人。1938 年参加革命，1941 年加入中国共产党。曾任群众出版社副总编辑。在任期间组织编辑出版了大量公安文学作品，自己也深入公安生活，创作了一批优秀的小说和报告文学，其中以小说《飞云港》《赵全一案件》最为著名。他不仅是中国新诗创作中具有代表性的重要诗人，

① 仲呈祥：《一部公安文化理论建设的奠基之作》，《文艺报》2017 年 7 月 28 日。

也是公安文学，特别是公安题材小说最早的开创者之一。

张志民著《飞云港》，群众出版社 1957 年版

陆石，原名康道平，男，著名作家，四川人，1938 年开始发表作品，1942 年参加革命。中华人民共和国成立后在公安部某局任职。创作以小说、散文为主，早期作品有散文《毛主席在延安鲁艺的一天》、京剧剧本《反南阳》等。代表作为与李文达合著的小说集《双铃马蹄表》。

李文达，男，著名作家、编辑家，天津人。1941 年开始发表作品。与陆石联合创作的小说《双铃马蹄表》后来被改编为电影。特别值得一提的是，李文达在任群众出版社编辑部主任、副总编辑期间，担任末代皇帝溥仪所著的回忆录《我的前半生》的责任编辑，以兢兢业业的认真态度和大量的心血投入，协助溥仪完成了一部享誉世界的名著，开创了“改造文学”的先河。

让我们向以此四位文学前辈为代表的早期公安文学创作者们致敬。

自1966年至1976年的十年间，和全国文学界一样，公安文学经历了一段沉寂期。

在这个特殊时期，值得进入我们视野的只有1975年出版的长篇小说《红石口》(龚成)。这是一部很独特的公安文学作品，它的创作和出版都具有那个特殊时代的显著特征，我们将在之后加以论述。

第三节　公安文学的定义

所谓定义，是指对于一种事物的本质特征或一个概念的内涵和外延的确切而简要的说明；或是透过列出一个事件或者一个物件的基本属性来描述或规范一个词或者一个概念的意义。简单地说是一种人为的广泛、通用的解释意义。但我们也可以清醒地认识到，定义是一种表述，而非自主认知来源，过度拘泥于它会扼杀知道但无法表述的事物。基于上述观点，在文学史上出现的所谓定义种种，往往是对某一种具备了某种共同特征的文学手法、样式或流派，所标注出的简要说明性的词语，如我们所熟知的“山药蛋派”“荷花淀派”“伤痕文学”等。

如上节所述，尽管罗瑞卿同志在1958年就提出了公安文化的口号，但在相当长的历史时期内，公安文化与公安文学并没有能够成为一个特定的文化概念，没有能够成为一个大家耳熟能详的文学定义。它的原因是复杂的、多方面的。例如，公安机关高层并未对文学创作形成真正有力有序的领导，作家们的创作多数尚属个人爱好；公安文学的评论体系始终没有真正建立，没有能够引导形成一种趋同的理论认知；长达十年的“沉寂期”对公安文学给予的粗暴压制，致使创作完全停滞，更无法形成体系；等等。

文学意义上的定义，往往需要较长时间的沉淀和成熟才能形成。例如大家熟知的“山药蛋派”，是以著名作家赵树理为核心的一个文学流派。在赵树理本人的有意识引导下，逐步形成于 20 世纪五六十年代。这个流派的作家以山西人居多，多有厚重的农村生活积累，描写的对象也多是农民。“山药蛋派”坚持现实主义的创作手法，在作品中往往会表现出鲜明的民间色彩和浓厚的民族风格。“山药蛋派”的影响流传至今，特别在山西、河北等北方地区有大量的拥趸。著名公安作家曹乃谦（山西省大同市公安局），在创作风格上就有着鲜明的“山药蛋派”痕迹。

公安文学的定义形成，也是改革开放取得的学术成果。关于它的形成时间，专家普遍认为在 1985 年前后。著名公安文学评论家杜元明先生对此有较详尽的分析：“1985 年以前，文学界一般将反映公安保卫战线斗争生活内容的文学，统称为政法题材文学。然而，随着改革开放年代的到来，公安战线除了维护社会法治之外，还承担着保卫‘四化’建设、为改革开放保驾护航的光荣而繁重的任务。治安形势和社会稳定状况如何，防范和打击犯罪的执法斗争成效怎样，包括作为执法机关的警方的一举一动，无不牵动社会人心。与此同时，表现罪与罚、情与法、正义与邪恶斗争内容的文艺作品，包括着重反映公安战线斗争、塑造人民警察形象的文艺作品也日见增多，因此，一些有识之士认为有必要于政法题材文学之中将‘公安文学’独立地提示出来。加之1984年以后随着《啄木鸟》（公安部主办）、《警坛风云》（福建省公安厅主办）、《剑与盾》（上海市公安局主办，后更名为《东方剑》）、《人民公安报》（公安部主办）等公安报刊相继诞生，作为警方的重要的思想舆论阵地，它们大力鼓励和倡导公安文学创作，更有公安部直属的群众出版社对作者的扶植，多家共同努力，全国公安系统百万民警中几年之间一下子涌现了数百位文学作者，公安文学创作队伍的规模已相当可观。”

1986年，由《人民公安报》、《水晶石》（辽宁省公安厅主办，后更名为《平安》）、《剑与盾》、《蓝盾》（《天津日报》主办）四家报刊联合主办的“首届全国公安文学大奖赛”成功举办，这是面向全国公安机关举办的第一次公安文学赛事，获奖的小说、报告文学作品分别以《人·鬼·神》和《魔窟隐情》的书名结集出版。此次赛事更重要的意义是，这是文坛首次公开举起了“公安文学”的旗帜。“公安文学”这个明确的文学定义，在已渐成熟的基础之上从此确立起来。

综上所述，我们可以清楚地认识到，没有改革开放大潮的推动和启迪，没有当时文学整体的复苏和发展，没有改革开放带来的法治建设的全面推进，公安文学的定义就无法形成，公安文学的低迷状态就无法突破。而公安文学这个定义形成之后，对于团结和凝聚创作队伍、端正创作与评论方向、提升整体创

《首届全国公安文学大奖赛获奖作品选》，中国人民公安大学出版社 1988 年版

作水平，都是有益和必要的前提。

但是，关于公安文学的定义，特别是关于此定义的界定和范畴，争论始终没有停止过。

在 1985 年前后，就公安题材创作，曾经产生了多种提法，如“法制文学”“犯罪文学”“侦探文学”，甚至有很多人将公安文学简单地归于“通俗文学”范畴。这些提法的不足和缺陷，在人们的争论中逐渐明晰，并逐渐地被文学界和评论界所摒弃。当下关于公安文学的定义，仅有一些零星的声音存在于文学评论界：

一是关于“公安”概念的定义问题。大多数人认为，公安文学，就是以描写公安机关的工作以及公安队伍中人员的生活、情感为主题的文学作品。这里的“公安”，范围显然局限于公安机关。但是，另一种说法认为，公安文学的公安，“不是作为一种职业、一种工作而出现的，它主要指公共安全、公众安全以及国家安全等含义。”① 如果按照第二种说法，描写国家安全部门、司法管理部门，以至群众治保、人民调解工作等作品，也可归于公安文学范畴。从实践中看，这种说法虽然有一定道理，但并未被广泛接受。目前大家仍然习惯于把描写公安机关工作和公安民警生活的作品称为公安文学。

二是关于公安文学创作主体的问题。比较普遍的观点认为，不管是公安机关内部作家，还是社会作家创作的文学作品，凡以公安工作和公安民警生活为主要内容的，均为公安文学。对此大家并无歧义，而争论点有二：1. 公安机关内部作家创作的非公安题材的作品算不算公安文学？2. 长期而且专门从事公安文学创作的社会作家算不算公安文学作家？但更多人认为，这种争论实无必要。文学创作是自由的，作家有选择自己有灵感、有创作冲动的题材进行创作的权利，而一种文学定义如果过于死板，过于僵化，只能产生限制文学创作自由的负面作用。

还有一种观点曾经短暂地出现过，即没有必要将“公安文学”单独提出并加以强调。如一位著名作家所说：关于题材，我不赞成切割得那么细碎，好像国务院有多少部、委、办，文学题材就应该切割成多少种似的，因为社会生活是个有机的整体，各行各业都生活在社会总体之中，谁也切不断与别人的联系。这种观点之所以存在的时间并不长，也并没有引起更大的关注，是因为它简单地认为“公安文学”的提出仅仅是因为国家行政机构的划分，这种观点显然是站不住脚的。

---

① 高洞平、张子宏、于奎潮：《中国当代公安文学史稿》，群众出版社 1993 年 9 月版。

截至目前，被文学界比较普遍认可的关于公安文学的定义为：以真实反映中国公安机关打击犯罪、服务人民的工作情况，和中国公安机关工作人员（包括人民警察、辅警、文职人员及职工）的生活状态为主要内容的各类文学作品。公安文学具有行业文学的特征，更具有公安战线独特的文学艺术风采。而且，我更赞同公安作家张暄同志（山西省晋城市公安局）的话："文学有文学的本质要求，公安文学这个概念的真正建立和形成，取决于那些优秀的契合文学本质的作品，不仅仅是书写公安题材就行。"

第四节　公安文学的特质

2019 年年初，《人民公安报·剑兰周刊》开辟了一个新的栏目《文学对话·公安作家面对面》。栏目第一期讨论的话题是"公安文学应当具备什么样的特质"。在这次讨论中，一些知名的公安作家和诗人提出了不少真知灼见。例如，诗人陈计会（广东省阳江市公安局）说："职业会不会影响一个人对世界的认识、对社会的认知？而职业对其个人的人性有什么影响？然后，我们再探讨一下警察与其他职业有何区别？那么，假若真的存在公安文学，它书写的警察应该区别于其他职业的人对世界独特的看法和体验，对人性独特的深度开掘。"作家陈悦蔚（广东省广州市公安局）说："作为一种有生命力的文学，我相信公安文学始终有着自我更新的内在基因。只要公安工作是适应时代的，那么公安文学也会不断有新元素汇入，以适应时代。”诗人苏雨景（山东省济南市公安局）认为：“一个好的公安作家，对于书写是有警觉性的，知道‘文学’这个属性的重要，并自觉用文字不断践行。”

从大家的讨论中，我们可以看出公安作家们对于公安文学的特质是敏感的，也都在进行着深入的思考和在文学创作上的探索。

时任全国公安文学艺术联合会主席的祝春林同志，曾在多种场合提出“战线文化”“战线文学”的概念。这种提法，是在基于对“行业文学”的基本认知上，强调了公安文化、公安文学的政治属性，是对公安文化和公安文学的特质概括和总结出的新的概念。

祝春林同志对此观点的概括是：“公安文化，是在党的领导和关怀下，承接中华民族优秀传统文化根脉，伴随公安斗争实践和公安事业发展进步，在苦与乐的磨砺、血与火的洗礼、生与死的考验中生成和成长起来的，以百万公安民警为主体、以忠诚为核心元素，具有英雄文化、法治文化、廉政文化精神特质和剑胆琴心独特艺术魅力的战线文化。”

从上述观点不难看出，公安文学在本质上是行业文学的一种，而它又具备了其他行业文学所不具备的某种特质。要研究和讨论这种特质，我们先要从行业文学说起。

行业文学也是来自于实践而逐渐形成的一种文学定义。过去我们多认为行业文学的概念来自苏联。苏联作协主席季木尔·普拉多夫曾对苏联文学创作有过这样的评介：“迎合着政治热情，生产出卫国文学、工业文学、农村文学、自由潮等一系列所谓的文学流派。”行业文学的概念由此而生。事实上，在20世纪50年代，中国文学创作的整体状态也确实受到苏联文学的巨大影响，甚至是左右。苏联一些以描写现代工业、农业为主题的文学作品，在当时也确实让中国作家感到耳目一新，由此逐渐接受了行业文学的概念并逐步开展了实践。其实，所谓“行业文学”，在欧美国家也是存在的，且有不少优秀作品出现。改革开放之后，这些作家和作品，如著名的加拿大作家阿瑟·黑利和他著名的行业小说《汽车城》《航空港》等，纷纷被介绍进中国，使中国作家和中国读者看到了和苏联不一样的行业文学，对行业文学的理解和研究兴趣不断增高。人们发现，欧美的行业文学较之苏联的同类作品，更注重审视和揭露某种行业对从事这种行业的人在人性上的束缚和压抑，更注重探讨某种行业，特别是现代化工业对改变世界和人类命运所产生的作用。肤浅的政治色彩被淡化，行业文学中的行业和人呈现出更本质的状态，使得行业文学的特质越来越被人们所重视和研究。

在中国特色社会主义文学事业中，行业文学始终占有重要的一席之地。目前，在中国作家协会的团体会员中有十三家产（行）业作家协会，包括铁路、煤矿、金融、石油、国土资源等众多有关国计民生的重要产（行）业。全国公安作家协会（全国公安文联文学专业委员会）是其中作家队伍人数最多、创作力量最强也最活跃的文学团体。组织体系的完善，保证了行业文学创作与研究的健康发展。

毫无疑问，公安文学是行业文学之一种。同样毫无疑问，公安文学具备着行业文学的特质，但也具备了自己独特的品质和内涵。公安文学的发展，可以说是中国特色行业文学发展的一面镜子，折射出中国行业文学的许多创作规律和经验。

从共性上说，公安文学与所有的行业文学一样，都对本行业范围内的生活、人物、氛围、语言特征，以至本行业与社会和其他行业的关系给予关注和观察，并如实地或者略有夸张地进行描拓。值得注意的是，当代行业文学出现了一种倾向，这种倾向上可追溯到阿瑟·黑利的创作，据说他在创作之前总要深入生活进行采访，把要描写的这个行业摸透，从而在他的笔下的行业会呈现出一种近于绝对化的、纤毫毕现的真实。当下的一些行业文学（特别是行业电影作品）继承和发展了这一特色，力求真实地捕捉和反映行业的细节种种，使得故事更真实、人物更可信、内容更丰富、细节更有趣。著名网络公安作家秦明的系列小说《法医秦明》就比较成功地表现出了这一特点。

公安文学的特质，是决定了一部所谓公安文学作品是否属于真正的公安文学的要素，也是我们衡量一部公安文学作品的标准。这种特质，当然是与其他行业文学的特质有相当大的区别的，公安工作的特殊性是这一文学特质的决定因素，因此这种特质是中国公安文学所独有的。

这种特质主要表现为以下几个方面：

公安工作的政治属性决定了公安文学的价值取向。我们在研究当代公安诗歌现象时曾经发现，尽管众多的公安诗人有着非常多样化的艺术风格，但他们在各自的诗歌创作中所表现出的价值观有着惊人的一致。职业是可以塑造或改造一个人的价值体系的，这种自觉的规范源于公安诗人和作家们对职业的理解和认知。公安工作鲜明的“对党忠诚、服务人民、执法公正、纪律严明”政治属性，必然深刻反映在公安作家的文字之中。

公安工作的业务属性决定了公安文学的社会取向。作为国家管理体系中重要的部门，公安机关承担着打击犯罪、服务人民、维护社会稳定的艰巨任务。这些重要任务的完成及其过程，必然是公安文学要反映的主要内容，是衡量一部文学作品是不是公安文学的主要标准。而公安工作内容的丰富、复杂、艰辛，甚至悲壮，以及公安工作与社会必然的某种碰撞，是构成公安文学丰富内容的主要因素。

公安工作的工作属性决定了公安文学的人性取向。俗话说，公安工作是与人打交道的工作。公安工作的性质决定了每一名人民警察都会在工作中与形形色色的人接触并产生某种联系，甚至要深入对方的隐秘生活和精神世界，要对复杂的人性进行深刻的探寻和剖析。情与法、爱与恨、黑与白，每时每刻都提供给公安文学最鲜活、最独特的创作素材和人性标本，使得对人性的解析成为公安文学的一种必然。

公安工作的繁重压力决定了公安文学的基调取向。尽管近年来有些公安作家努力在公安文学风格的多样性上下功夫，但不容置疑的是，由于工作的压力与困境无时不在，由于牺牲奉献已经成为公安工作的代名词，公安文学的总体基调始终是沉重的、浓烈的、悲壮的，充满了坚忍不拔、宁折不弯、刚正不阿、生死置之度外的情绪。这种情绪的流动，既使得公安文学具有强大的文字冲击力，又容易流于粗糙、简单和情绪化。

还需要特别指出的是，公安文学特质中最核心的是天然的现实主义和写实主义色彩。“国家主义的叙事背景，社会主义政治文化与法治文化并置的叙事立场，警察视点的叙事关注……因此，关于‘现实主义’‘写实主义’，可以看作公安文学艺术的特征，也就是公安文学艺术的文化属性。”[①] 这种现实主义的基本特征，是公安文学特质中最根本的文学灵魂，是公安文学不断繁荣发展的文学基调。而这种基调，是和中国社会主义文学的总基调高度吻合的。坚持公安文学特质，创作公安文学精品，要如习近平总书记所说：“要坚持以强烈的现实主义精神和浪漫主义情怀，观照人民的生活、命运、情感，表达人民的心愿、心情、心声，立志创作出在人民中传之久远的精品之作。”

① 王晓琳：《警察美学的生命话语》，中国社会科学出版社 2015 年 3 月版。

第二章　蓄势待发：公安文学的苏醒期（1978—1988）

第一节　从《红石口》到“伤痕文学”

我们研究改革开放四十年间公安文学的发展状况，并不能忽略自十年“沉寂期”结束前夕的1975年起至1978年的这一段过渡时间。文学的发展就时间的轴线而言是不可割断的，尽管中间会遭遇某些重大挫折，文学的脉搏却始终跳动不息。尤其是具有强大生命力的公安文学，在1975年左右，当对文化的禁锢刚刚有所松动，公安题材文学作品便如春笋出土，于逆境中顽强凸显，《较量》（李良杰、俞云泉）、《斗争在继续》（周振天）、《斗熊》（尚方）等公安题材小说、电影作品陆续出现，其中最具代表性的，当属长篇小说《红石口》。

《红石口》的代表性，是指其在创作方式、内容结构、叙事语言、人物塑造等方面，都带有那个时代强烈的色彩。

《红石口》于1975年由人民文学出版社出版，作者署名龚成。该书扉页上的简介写道："这是一部反映公安战线对敌斗争的长篇小说。1972年秋，'红石'工程即将投产，暗藏的特务分子妄图破坏，我公安战士在党的领导下，依靠广大群众，粉碎敌人阴谋，保卫矿区安全，为巩固无产阶级专政谱写了一曲胜利的战歌。作品热情歌颂了毛主席的公安工作路线，着重表现了人民群众在对敌斗争中的巨大作用，努力塑造了公安战士洪剑锋的英雄形象，刻画了工人、贫下中农、商业服务人员、街道居民以及少年儿童等英雄群像。在描述对敌斗争同时，展示了社会主义革命和建设事业的崭新风貌。"

龚成著《红石口》，人民文学出版社1975年版

根据本书作者之一、北京市公安局原干部迟滨光同志的回忆，当时“受社会影响，人民文学出版社的出版、编辑工作也处于半瘫痪状态。面对这种情况，有些作家不甘于整天无所事事，便联合起来想搞点创作。中国作家协会书记处原书记、《诗刊》杂志主编、诗人杨子敏，《人民文学》资深编辑崔道怡，向中国作家协会创作委员会原副主任、著名诗人、出版社时任领导李季请示。当李季听了他俩的创作意图和作品大致构思后，三个人一拍即合，决定由人民文学出版社派人与北京市公安局的民警共同组成创作组，完成这部文学作品的创作任务。后来经北京市公安局有关部门同意，在时任北京市公安局治安处处长马永臣的大力支持下，长篇公安题材小说《红石口》创作组，于 1971 年年初正式成立。”创作组组长由韦君宜、李季、马永臣担任，组员有杨子敏、崔道怡和北京市公安局干部樊斌、迟滨光。据迟滨光回忆，创作组在动笔前去了北京二七机车车辆厂、南口农场、门头沟城子煤矿和江西有色金属矿区等地采访、体验生活，然后由樊斌、迟滨光分头写出初稿，由杨子敏、崔道怡修改统稿，最终以“龚成”的笔名出版。《红石口》的创作过程，体现了当时所谓“创作三结合”方法，即“党的领导、工农兵群众和专业文艺工作者相结合”的创作导向和模式，字里行间也充满了当时文学创作状态中的结构、语言和人物形象，时代烙印相当明显。

在故事结构上，小说秉承了当时所谓“三突出”的创作原则，调动一切故事情节，全力塑造了男主人公洪剑锋的高大形象。围绕着洪剑锋，又安排了女民警纪红、老工人田师傅等

“工人、贫下中农、商业服务人员、街道居民以及少年儿童等英雄群像”。洪剑锋在小说中可以说是个运筹帷幄、充满智慧和勇敢精神的完美形象，作者用了大量笔墨描写和渲染他的一举一动。如他的出场，作者就连续为他安排了排除爆破险情和实验室救火两个化险为夷的情节，塑造出了一个仿佛“超人”般的英雄人物。

在语言风格上，《红石口》乏善可陈，充满了空洞的豪言壮语。例如，“‘田师傅，听到您的鼓声，心里好像升起一团火啊！’洪剑锋深有感触地说。‘高兴啊，’田师傅爽朗地笑道，‘敲着这大鼓，我心里热烘烘的，可不就是升起了一团火嘛！’‘整个矿区，就是一团火。’洪剑锋望着山下的工地，‘一团社会主义革命和社会主义建设的熊熊烈火！’”这样的语言，严重脱离客观实际，但却是那个时代最流行的。

在人物塑造上，除了遵循“三突出”原则之外，作者还绞尽脑汁地按照时代的要求给人物添加了各种元素。例如，女民警纪红（从名字上就可以看出作者用心），作者给她设计的背景是“红卫兵小将”出身；反面人物张德志，“把凭技术向上爬，以求出人头地，当作自己的一条新路。这条路，在走资派推行反革命修正主义路线的鼓吹庇护下，一度曾有发展”，显然是所谓走过“白专道路”的技术人员。在这种政治标签下，人物呈现严重的脸谱化。

作为一部公安题材样式的小说，摒弃当时的时代特征不言，作者基本上还是遵循了传统公安文学的创作模式，在一连串跌宕起伏的故事中体现出了对党忠诚、服务人民的核心价值理念，表现出了爱憎分明、立场坚定的公安精神。在体现“专门工作与群众路线相结合”的公安工作方针上虽有偏颇，但也对亲如一家的警民关系有正面的歌颂和表现。特别是直接参与创作的公安机关基层作者，熟悉公安工作，在字里行间也流露出了他们对公安事业的深厚情感。值得一提的是，参与本书创作的出版社创作、编辑人员本着认真负责的态度对作品进行了深度加工，使得整部作品文字朴素、扎实、流畅，达到了比较高的文字水平。

著名公安文学评论家杜元明先生把如《红石口》一类的作品称为“中间状态”。这个评价是相对于同时间出现的一批直接为政治斗争效力的作品而言的，评价也是比较准确的。《红石口》堪称这批“中间状态”作品的典型代表，它的整个创作过程和它的文本呈现，都为那个特定的时代留下了一个重要的标本，也成为中国公安文学发展历程中一个绕不过去的、在相对空白的时间段上的重要标点。它的功与过，当下已有定论，它在公安文学史上的地位，也已经确立。

随着1976年“四人帮”被粉碎，文化的禁锢年代结束，久废待兴的中国文学事业也随之从沉寂中迅速苏醒，并且立即进入了井喷式的迅猛发展。1979年10月30日，第四次全国文艺工作者代表大会召开，标志着文艺的全面“解冻”。邓小平同志在这次大会的祝词中明确指出：对文艺的“行政命令必须废止”，对作家写什么和怎么写“不要横加干涉”。在此前后，对特殊年代的反思，挟带着对国家命运和个人遭遇的忧虑、愤懑，通过作家和艺术家们宣泄式的创作，迅速形成了一个文学创作高潮。以卢新华创作的短篇小说《伤痕》为标志，在这一高潮中出现的绝大多数作品，因其主题上的一致性，而被称之为“伤痕文学”。

公安题材因其高度的现实主义属性，必然成为“伤痕文学”中重要的组成。其中比较有代表性的作品，当属王亚平的短篇小说《神圣的使命》和丛维熙的中篇小说《大墙下的红玉兰》。

王亚平，男，重庆人，1975 年参加中国人民解放军，后旅居国外。在国内短暂的生活与创作期间，他创作出了长篇小说《刑警队长》《非生理性癌扩散》，电影文学剧本《从东方到西方》，出版有小说集《辩护人》。他的代表作短篇小说《神圣的使命》，获得 1982 年全国优秀短篇小说奖。

如果说《今天我休息》里的马天民是中国公安文学第一个典型人物形象，那么《神圣的使命》中的老公安王公伯应该称得起是第二个。和马天民的热心服务、憨厚朴实截然不同，王公伯是一个面对残酷政治形势刚正不阿、至死不渝的形象，“是新时期‘伤痕文学’塑造的同‘四人帮’反动统治进行坚决斗争的人物形象中比较突出的一个”①。王公伯的身份背景是早期从事党的地下工作，新中国成立后一直在公安机关任职，“文化大革命”中被迫害下放劳动的老民警。他在 1975 年前后复出，重新回到工作岗位，接手为“文化大革命”期间造成的冤假错案复查平反的工作。面对某科研所技术员白舜被指控“强奸”的冤案，他顶着来自各方面的巨大压力，忍受着身体的病痛，

① 宋强：《王亚平及其神圣的使命》，《中国公安文学作品选讲》，警官教育出版社 1996 年版。

一层层地拨开迷雾，一步步地逼近事情真相，勇敢地把自己置身于与“四人帮”爪牙针锋相对的残酷斗争之中，最终以身殉职。在小说中，王公伯的性格被塑造得既有正直刚强，以维护法律尊严为自己神圣使命的一面，也有面对受迫害的无辜群众细致周到、热情耐心的一面，还有对公安后辈谆谆教诲希望他们继承和发扬优良传统的一面。这种人物的多面性，完成了作者对一个身处特殊时期的公安英雄人物的立体塑造，使之无愧为中国公安文学人物画廊里一个成功的典型形象。《神圣的使命》这篇小说，也成为中国公安文学史上一部重要的作品。

但是我们也注意到，由于那个特殊时期刚刚结束，《神圣的使命》仍然不可避免地受着之前盛行的“左”的文艺观点和创作原则的影响。从小说的创作手法和语言风格上看，《神圣的使命》也有着过去的那个时代的痕迹。而且，年轻作者在创作中时时燃烧在心底的愤怒情绪，使得作品愤慨有余冷静不足，政治色彩浓郁而深刻的人性剖析不够，对公安工作本身的特质表现得更是比较肤浅。

就思想的深刻程度和文字的表达能力而言，老作家从维熙当然要比王亚平老辣得多。

从维熙，男，河北人。1953 年到《北京日报》任编辑、记者，1956 年成为中国作家协会会员。1957 年被错划右派后先后在工厂、农村、矿山接受劳动改造二十年。1979 年右派问题平反后，继续从事文学创作，曾任北京作协常务理事。他曾是著名的青年作家，19 岁即开始发表作品，20 世纪 50 年代出版有长篇小说《南河春晓》和小说集《七月雨》《曙光升起的早晨》。

他早年的创作风格清新自如，被称为有“荷花淀派”的风格。他在复出后创作的中篇小说《大墙下的红玉兰》等作品风格变得凝重而肃穆，在发表当时即引起巨大轰动。之后，他进入一个新的创作高潮期，有大量的小说、随笔、散文问世，出版了多部文集。

《大墙下的红玉兰》堪称“伤痕文学”的巅峰之作。“在新时期的中国文学中，兴起过一种被称为‘大墙文学’的文学题材。它反映的是监狱高墙内的生活，但不是通常的公安题材文学作品所表现的无产阶级专政对少数犯罪分子的教育改造，而表现的是在‘文化大革命’时期，一批遭受诬陷打击迫害的正直的人在大墙内所受到的非人虐待和他们在极端险恶的条件下对祖国和人民命运的焦虑、思考、希望及其同黑暗政治势力所作的坚决斗争。这种文学题材的出现是特定历史条件背景下的产物，成为新时期‘伤痕’和‘反思’文学潮流中重要的一部分。其中的代表作家就是从维熙，而‘大墙文学’就得名于他发表在《收获》1979 年第 2 期的中篇小说《大墙下的红玉兰》。”①

较之《神圣的使命》，《大墙下的红玉兰》在思想深度上、人物设计上，特别是在对历史的反思上，都达到了一个新的高度。作品选取了特殊时期的监狱作为背景，为这种反思设计了一个独特的视角，达到了震撼人心的艺术效果。

一个为党的事业出生入死几十年的公安局劳改处原处长葛翎，戏剧性地成为“四人帮”的阶下囚，和曾被他管制的各种

---

① 宋强：《从维熙及其大墙下的红玉兰》，《中国公安文学作品选讲》，警官教育出版社 1996 年版。

犯罪分子、社会渣滓关在一起，不得不忍受着在当权者的直接授意和暗中支持下的各种残酷虐待折磨，并和同样受到诬陷而坐牢的正直人们团结在一起，展开了不屈的抗争。围绕这样的故事主线，作者设计了一系列激烈的矛盾冲突和复杂的人物关系。显然，在时时处于下风的不利情况下，这种抗争的艰巨和困难是非常残酷和危险的，直到小说结尾，葛翎为采摘纪念周总理的玉兰花而饮弹牺牲，这种抗争达到了一个极其悲壮的高潮，也将作品内涵沉重的思想性推到了顶峰。

《大墙下的红玉兰》的成功之处在于：一、作者对特殊历史的反思达到了一个深刻的程度。而且，这种深刻更多的是用故事和人物来表现的。作者的思想贯穿作品始终，像血液流淌在每一个情节和细节之中。二、作者以深厚的文学功力塑造出了一系列生动的人物形象。他把主人公葛翎放置在极其复杂而凶险的环境中，让这个老共产党员的形象不断经受磨砺而放射出光芒。不仅如此，作品中的众多配角形象也塑造得栩栩如生。三、作者调动了深厚的生活积累，把对人物命运的思考和感悟通过各种情节、场景来表现得淋漓尽致。作者在描绘场景、烘托气氛、组织冲突上的功力，也非常值得称赞和学习。同时，由于作品“大墙文学”的文学定位和局限，决定了其在对公安工作和公安机关内部的表现上有所不足。作品中无论正面人物还是反面人物，公安人员的身份更多的是一种标签，正反之间的斗争焦点仍然是那个特殊时期的政治斗争在个体人物身上的体现，而非我们在今天所谈“公安文学”中的真正具有公安特色的矛盾与冲突。从这一点上说，《神圣的使命》也好，《大墙下的红玉兰》也好，它们公安文学的属性还是远远逊色于它们的社会属性和政治属性。

如果说从1979年到1989年是公安文学的苏醒期，是公安文学蓄势待发的年代，那么从《红石口》到“伤痕文学”，就是真正的苏醒之前的一种信号。这个信号告诉我们的内容相当复杂，它既预示了公安文学在十年沉寂期内蛰伏着的强大生命力正在复苏，并且表现出了在从新中国成立之初至“文化大革命”前就已经初步成熟的基本创作遵循和原则没有改变；而又向我们十分痛心地表现出了“十年浩劫”对公安文学的破坏以及所造成的停滞与损失。

文学艺术是人类感知世界的源头，又是这种感知的结果。文学艺术对于现代人来说是与生活和情感世界密不可分的需求，文学艺术强大的生命力是任何压制和排斥都不可摧毁的。这也许就是从《红石口》到“伤痕文学”给我们的启示，一种文学流派或一种文学样式的生存能力，是远远超出我们的想象的。

第二节　乱花渐欲迷人眼

以“伤痕文学”为开端，公安文学从沉寂中迅速苏醒，在自1978年至1988年的十年中，俨然成为一方昂然怒放的花圃。

这样的局面首先得益于中国新时期文学的复兴和繁荣发展。随着改革开放春风吹遍大江南北，被专家们称之为“新时期文学”的创作高潮蓬勃兴起，“‘文化大革命’中被迫解散、陷入瘫痪的文艺各领域的全国性组织，如全国文联、作协、剧协、影协等陆续宣布正式恢复。《武训传》案、俞平伯案、胡风反革命集团案、右派分子案得到平反，在‘文化大革命’中被打倒的作家得以平反并逐步恢复名誉，他们的作品被重新出版，这些都标志着意识形态的转型和思想解放时代的开始。到1980年，《收获》《当代》《十月》《花城》《钟山》等十多个大型文学刊物和省级所属的文学刊物，纷纷创刊或恢复出版，仅省级以上的文学刊物已超过二百种，为文学发展提供了众多的阵地。文学界呈现勃勃生机。《班主任》《伤痕》《哥德巴赫猜想》《内奸》《爱，是不能忘记的》《报春花》《将军，不能这样做》《小草在歌唱》等一批惊世之作接连问世。‘归来的一代’右派作家群、知青作家群、军旅作家群以及一批新锐作家纷纷亮相文坛。题材禁区多有突破，艺术表现形式和风格面貌也呈多样化走势，朦胧诗、意识流小说、风俗画小说等文学新样式，为新时期伊始的中国当代文学增添了勃勃生机。”① 在这样的大好形势下，公安文学的苏醒是时代的选择，更是必然的结果。

其次，公安文学的苏醒也得益于公安工作面临的新形势和新任务，得益于公安机关各级领导部门对此的清醒认识和把握。改革开放的大门打开后，也不可避免地引发了一些新的问题和困扰。特别是在社会治安管理上面临着新的严峻考验，最终导致了1983年的全国“严打”。其原因既有十年“文化大革命”期间对法律的践踏与破坏流毒尚未肃清，也有一些新的外部影响以及人们思想上的混乱。此时，“中国走出了‘文化大革命’的阴影，要求法治逐渐成为人民的普遍心态，法律逐渐成为国

① 朱栋霖、吴义勤、朱晓进：《中国现代文学史》，北京大学出版社2018年第三版。

家治理的重心。"① 在此形势下，全民普法教育被提上国家议事日程，于20世纪80年代初成为中国改革开放时期重要的国家战略。同时，也为公安宣传和公安文学提出了一种新的重要职责和任务，促进了以法治宣传为突出功能的公安文学迅猛发展。

这一时期的公安文学，呈现出一种"乱花渐欲迷人眼"的好形势。著名公安文学评论家杜元明先生将之评价为"初见繁盛"。应该说，公安文化主管部门和主要公安期刊在此期间对公安文学创作的扶持和推动发挥了重要作用。1984年，由公安部主管的大型文学期刊《啄木鸟》创刊，公安文学有了自己的主阵地。难能可贵的是，《啄木鸟》在创刊伊始就提出："以反映政法公安题材为主，但并非以此为限，题材是广泛的，多方面的。"似乎以此强调了公安文学与社会文学的密切关系，也表达了公安文学迫切希望得到社会承认的心情。1985年，刚刚创刊一年的《啄木鸟》杂志就发起主办了首届"金盾文学奖"，在《"金盾文学奖"评选启事》中郑重声明："为活跃和繁荣公安题材文学创作，发展社会主义文学事业"，特设立"金盾文学奖"。1987年，公安部正式宣布设立"金盾文学奖"，《啄木鸟》的评奖活动更名为"啄木鸟文学奖"。"金盾文学奖"由此成为公安文学的最高奖项，首届评委会由著名评论家、作家魏巍、柯岩、王蒙、谌容、唐达成、刘心武、崔道怡等和公安部老作家李文达、赵明及公安部主管领导等组成。评选圆满结束后，获奖作品结集出版了小说集《假如是你作案》和《女民警的坎坷经历》、报告文学集《弱者，不是女人的名字》。1990年，公

① 卢刚：《新时期中国普法问题研究》，吉林大学2014年博士论文。

安部政治部宣传局文艺处、《人民公安报》联合《文艺报》发起了“公安题材文学评论征文”活动，并在《文艺报》开设专栏发表应征作品。这是公安文学评论工作的首次重大活动，从此“公安文学”的提法在理论上得到了确认，并由公安系统逐渐走向了全国。这次集中的文学评论活动，客观上也对 1978 年至 1988 年十年间公安文学的创作情况和水平进行了阶段性的总结和梳理，正式宣告了公安文学自苏醒而向崛起迈进。

《啄木鸟》创刊号，群众出版社 1984 年版

在这十年之间，公安文学作品层出不穷，佳作不断。特别可喜的是，许多优秀的社会专业和非专业作家加入到了公安文学的创作之中，创作出了大量公安题材文学作品。而公安机关自己的作家队伍也逐渐集结成军，勇敢地向文学挺进，创作出了一批引人注目的作品。这在当时的公安文学创作中，形成了非常有意思的两翼作战的状态。而在这两翼之间，创作的目的、水准、风格、影响，都有着微妙的差别。

从社会作家的创作情况看，小说、报告文学、影视文学全面涉猎，当之无愧地形成了这一阶段公安文学创作高潮的主流。仅据粗略统计，“文化大革命”前就已成名的老作家的小说作品影响较大的有：柯岩的《寻找回来的世界》、顾工的《霸王龙的末日》、彭荆风的《红指甲》、杨润身的《失落了的无价之宝》、李国文的《体验生活》、冯苓植的《女王之死》、赵大年的《霸王虎符》、李心田的《老方的秋天》等。“文化大革命”后崭露头角的中青年作家的突出作品有：毛志成的《宾馆疑雾》、王东满的《起诉后的起诉》、赵凤凯的《昨夜风暴过洞庭》、钟源的《翡翠麻将》、李迪的《傍晚敲门的女人》、叶辛的《凶案一桩》、梁晓声的《穿警服的姑娘》等。至于当时的公安报告文学作品，数量不少，但质量良莠不齐，好作品并不多见。之中比较知名的，当属发表于《啄木鸟》创刊号的由李宏林创作的《追捕‘二王’纪实》、蒋巍创作的《踏着闪电行动》。后来还有理由创作的描写反扒民警事迹的《手眼神通》，孙仲毅主编的《觉醒：日本战犯改造纪实》，夏真创作的《生命之歌》，等等。至于这一时期报告文学创作水准总体偏低的原因，主要是大多数作者对于作品的文学性普遍重视不够，单纯迎合读者口味，追求故事内容的激烈、曲折，甚至血腥、暴力。这就使得当时多数的公安题材报告文学作品把目光投在了对案件特别是重大案件的侦破过程上。这样的作品，往往在客观上混淆了文学作品与新闻报道的区别，尽管发挥出了所谓“探索底蕴、挖掘病灶、透视灵魂”的作用，但注定不能在文学上取得较高的成就。

其中还值得关注的有群众出版社在1991年出版的长篇报告文学《剑啸石城》（洪沛霖主编），这是有史以来第一部由公安机关主导并组织编撰的报告文学作品，它“艺术而真实地记录了人民公安战士在中国共产党领导下，在南京接管、改造国民党反动警察机构，肃清敌特、间谍分子，驱逐帝国主义残余势力，打击刑事犯罪，镇压反革命，清除社会污垢，稳定社会治安，进行艰苦卓绝的斗争，同时，得到人民群众的真诚支持，警民并肩作战，终于彻底战胜顽敌，荡涤了一切污泥浊水，使古老的石头城旧貌换新颜，从而书写了人民政权成功地管理大城市的光辉篇章”①。

这一阶段的公安题材电影作品，基本继承了“文化大革命”前公安题材电影创作的传统和模式。《熊迹》（巩卓）、《黑三角》（李英杰）、《保密局的枪声》（郑荃、金德顺）、《猎字九十九号》（周振天、黎阳）、《智截玉香笼》（吕文、顾泽民、陆寿钧）等，都在当时的银幕上留下了比较好的成绩。值得一提的是，这一阶段的电影作品也已经开始有意识地拓宽题材，从单纯的侦破向更深的社会领域延伸。例如，《绿色钱包》（刘厚明、肖尹宪）、《少年犯》（王静珠、张良）和《奸细》（林予、丛深），前两部关注了少年犯罪问题，后者在采用悬疑样式表现革命历史题材上有所拓展，都收到了较好的社会效果。在这一阶段，随着电视机的逐渐普及，电视文学创作也开始起步，其中优秀的公安题材作品如《新岸》（李宏林）、《寻找回来的世界》

① 杜元明：《半个世纪以来的公安文学》，《中国公安文学作品选讲》，警官教育出版社1996年版。

（楚雪、战南）、《便衣警察》（海岩），都成为脍炙人口的佳作。特别是电视剧《有这样一位民警》（孟繁原、尹铁牛）获得了第十一届全国电视剧“飞天奖”一等奖，为公安题材电视剧，特别是关注普通民警工作生活的电视剧创作，开启了一个良好的开端。

戏剧舞台在这一阶段倒是异常地活跃，有多部公安题材的戏剧上演，这大概是被誉为“粉碎‘四人帮’的第一声惊雷”的话剧《于无声处》的影响延续所至，也受到当时社会各方面因素的催生。其中如苏叔阳编剧的《灵魂的审判》，谭仪元、张铮编剧的《里里外外》，周振天编剧的《天边有群男子汉》等，都在当时引起了巨大反响。

公安机关内部作家在这个时期尚属于起步阶段。放眼望去，目光所及之处作品不少，但在创作理念上、故事结构上、语言风格上，都还稍显稚嫩。一些后来在公安文学创作上奠定了自己地位的著名公安作家，如修莱荣（黑龙江省哈尔滨市公安局），武和平（河南省开封市公安局），魏人（群众出版社），孙丽萌（内蒙古自治区公安厅），胡玥（河北省石家庄市公安局），张卫华、张策（北京市公安局）等，此时也都刚刚崭露头角。武和平在1983年才出版了自己的第一部长篇小说《血案迷踪》。修莱荣的第一部长篇小说《刑警的隐秘》于1988年由沈阳出版社推出。同年，张卫华、张策的首部报告文学集《爆炸事件》由中国新闻出版社出版。而那部令魏人声名鹊起、获得“金鸡奖”最佳编剧提名的优秀公安题材影片《龙年警官》，直到1990年才正式公映。大部分公安作家的作品此阶段还仅仅能在公安期刊发表，能登上如《人民文学》《当代》《十月》等一流文学刊物的作品寥若晨星，十分稀少。作家队伍规模无从谈起，理论建设也乏善可陈。可以说，处于散兵游勇状态的公安作家们，在蛰伏多年的文学意识苏醒之后，是完全凭着对文学的热爱和创作的冲动，勇敢地冲上文坛的。而这种可贵的勇气在当时的时代背景下，随之呈现出的成果、优势、不足和弊端，是这一阶段公安队伍内部作家与社会作家在创作形式上和文本呈现上出现差异的主要原因。

坦白地说，这一时期大多数社会作家参与到公安文学的创作之中，政治上的考量还是占据了重要的指导位置。作家对于社会重大变革的敏感，对于重新获得创作自由的欣喜，都更多地化作了他们对于中国改革开放前途的憧憬，和他们在这一进程中所要承担重任的责任感。他们之所以选择公安题材，是因为他们在自己的公安题材作品里所要表达的内涵和所要探索的问题，其实更多是社会化、政治化的。因此，他们的作品呈现给读者或观众的，是从《神圣的使命》《大墙下的红玉兰》肇始，而随着改革开放的逐步展开而进行的思考与揭示。他们对于公安队伍和公安民警本身在这个历史进程中的地位和作用，所受到的冲击和影响，以及公安职业的特质给个体带来的塑造和改变，其实理解是相对肤浅而程式化的。

相反，由公安队伍内部成长起来的作家，由于大多数都有在公安一线工作过的经历，他们对于公安工作本身的感触是鲜活的、深刻的，他们的目光更多地凝聚在他们的工作压力、他们的生活窘境和他们的牺牲奉献上。忠诚于党、忠诚于国家、忠诚于人民、忠诚于法律，是融入他们血液和灵魂的崇高意念，是与他们的言行不可分的精神支柱，也是他们创作中的自觉意识。因此，在他们的文字里形而上的深刻思考可能不足，但他们笔下的故事和人物都充满了生活气息和一种属于公安职业的独特思维方式和行为方式。他们的作品与社会作家们相比，更接地气，更符合公安职业的特质。但是，由于思考深度的欠缺，公安作家们的作品往往会暴露出文字粗糙、文学意味不足、模仿较多，甚至趋于低俗的问题。

就艺术水平而言，公安队伍内部的作家与社会作家们相比，毫无疑问也是相对逊色的。这是因为在 1978 年至 1988 年这十年间，才是公安作家们“小荷才露尖尖角”的时期，是公安作家队伍真正形成之前的“游击战”时期。在“文化大革命”前，公安队伍内部的作家寥寥可数，而且大多集中在公安机关高层的文化部门。这些同志往往都是早年参加革命工作的老干部，他们的身份首先是革命家，其次才是作家，然后才是公安作家。其实在思想方式和创作实践上，他们的状态更像是社会作家。因此，当时在公安机关内部，是谈不到所谓作家队伍的。而“文化大革命”结束后，一批真正从公安基层成长起来的文学爱好者才开始了自己的创作生涯，向着作家的方向开始艰难地努力。他们的受教育程度，他们对文学的理解、掌握和经验，他们在创作上需要的各种保障条件，都与那些已经成名的社会作家不可相提并论。因此，他们蹒跚学步时的作品，当然无论在思想深度上还是艺术高度上，都与社会成熟作家有着相当大的距离。

还有一种重要社会因素不得不提。在当时开展全民普法教育，以及保持社会治安稳定的大背景下，公安作家们不能不自觉地用自己的作品发挥着法治宣传教育的功能和作用。文学的教化功能是一个有争议的话题，但对于公安作家们来说，这是没有任何疑义的职责和任务。这便也造成了公安作家们的作品往往直白、简单、功能性明显，甚至存在“贴标签”“喊口号”的现象。应该承认，时至今日，公安宣传与公安文学的界限仍然不够清晰而准确，仍然有不少初学者误以为自己的新闻作品就是文学，这就是在当时的时代背景下遗留至今的沉疴。

总而言之，在1978年至1988年的十年中，随着文学的迅速复兴，公安文学也从沉寂中苏醒过来，并且以惊人的速度蓬勃发展。这种发展还缺乏文学界和公安部门有意识的引领和指导，更多的是公安队伍内外的作家们自觉的行动。这种自觉的行动，也就必然带着诸多个人的思想意识和情绪流动痕迹。但是，在当时的时代背景下，拥护党的领导，拥护改革开放，积极投身社会主义建设事业，是时代的选择，也是文学的必然主题，作家们的创作离不开这个主题，也必然在这个主题的构架下谱写出多姿多彩的篇章。

在这样的大前提下，公安文学的苏醒和向崛起迈进，也是公安文学发展的一种必然。在这样的洪流中，负有强烈社会责任感的社会作家和满怀壮志雄心的公安作家，为公安文学未来的这部宏伟的协奏曲，共同书写了雄浑的第一乐章。

第三节　公安期刊的兴起与蓬勃发展

在1978年至1988年这十年之间，有一个重要的公安文学现象值得我们关注，那就是公安期刊的兴起与蓬勃发展。这些期刊在公安文学的发展中发挥了十分重要的作用，它们为苏醒之后正在蹒跚学步的公安文学提供了最好的温床和最主要的阵地，它们虽然在中国期刊史上的存在只能算是昙花一现，但它们在公安文学历史上的影响却是深远的。

文学的十年"沉寂期"过去，文学期刊的迅速复兴在中国文学史上也是重要的事件和现象。20世纪80年代和90年代，无疑是文学期刊最活跃也最鼎盛的时期，以至于它们有能力左右文学创作的导向，提倡或反对某种文学理论，推出或抑制某某作家的创作。时至今日，我们仍然可以在相当多的回忆里窥见当时的情景。例如，《北京文学》著名编辑章德宁的回忆中就说："80年代，西方现代主义哲学和现代派文学大量译介过来，中国文学开始广为借鉴现代主义技法，'现代派'成为中国文学的常见语汇。与此同时，关于'真伪'现代派的论争随之而起，《北京文学》是最早关注并介入这一讨论的，自1988年第2期始，更连续在其后的第4、6、8期开辟专栏，发表了黄子平、李陀、吴方等多人文章。今天看来，这场讨论中的观点仍有价值。"另一位评论家也说："在创造新概念引导潮流之外，文学期刊更经常的是通过有意识地推举作家作品来表明自身倾向，如频繁地发表同一位作家的作品、在头条发表或者在封面头条推荐作品、为作品专门召开研讨会等都是期刊常用的手段，选刊的转载也起到了重要的推波助澜的作用。”① 正因为如此，文学期刊在人们心目中的地位是高尚的。尽管随着市场因素的逐渐介入，文学期刊的地位后来渐渐陷入某种尴尬，甚至到今天不少刊物已呈明日黄花之颓势，但文学期刊在文学事业中的作用仍然是巨大的，而且，是从1978年至1988年这十年间的繁荣中走过来的，许多优良传统得以很好的继承。

而公安期刊在20世纪80年代中期的突然出现和蹿红，却与文学期刊有所不同。它们的绝大多数不是以文学的面貌出现在读者面前的，它们的定位是“公安法制刊物”，它们公开宣布的办刊宗旨，是“坚决贯彻党在社会主义初级阶段的基本路线，全面坚持四项基本原则，坚持改革、开放、搞活，积极宣传党的公安保卫工作的方针、政策，向人民群众进行生动、具体的社会主义法制教育，普及法制常识，宣传发动广大人民群众保卫改革，同各种违法犯罪行为及治安灾害事故作斗争，维护首都安好的社会秩序，为建设社会主义精神文明，保卫四化建设做出贡献”②。是“新闻纪实性、法律严肃性、知识趣味性、文学高雅性”。显然，在公安期刊的领导层面的认识上，宣传是第一位的，而文学是摆在最后位置的。但是，在具体的办刊实践中，公安期刊确实吸引、凝聚起了一支公安写作者的队伍，尽管当时这支队伍的创作水平还显稚嫩，创作的目的、原则和作品样式上，许多时候还与真正的文学作品有一定距离，但毫无

① 李敏：《1990年代的文学期刊与“现实主义冲击波”》，《中国现代文学研究》2019年第1期。

② 苏仲祥：《金盾创刊号卷首语》，《金盾》1988年第1期。

疑问地，这是公安作家队伍第一次真正的集结，是苏醒后的公安文学创作的第一次高潮。

公安期刊创刊的时代背景，是改革开放的不断推进和逐步深入。一方面，在社会主义四化建设高潮迭起的大好形势下，广大人民群众在文化方面的需求日益高涨，新闻出版业出现了空前的繁荣。另一方面，社会治安情况日趋复杂，为更好地应对这种变化，全民普法教育轰轰烈烈地开展起来，人民群众的法治意识逐渐加强，对了解和掌握法律知识有了新的要求。在公安机关内部，封闭的状态逐渐被打破，宣传工作的重要性越来越得到重视，由被动宣传到主动宣传，已经渐渐成为公安机关领导的共识。据辽宁省公安厅《水晶石》老编辑刘俊荣回忆："《水晶石》向社会公开的背景主要有三个：一是随着改革开放大潮的冲击，法制文学和通俗文学如春花野草般泛波兴起，社会上各种小报小刊多如雨后春笋，而公安题材成为重要看点；二是 1983 年疾风骤雨般大规模的'严打'，为新闻报道和文学创作提供了取之不尽的素材；三是公安内部刊物发展已近成熟，达到了公开发行的水准。"这段回忆所言是有相当代表性的，它应该是当时各地公安法制刊物的一种共识。

公安期刊的出现，始于 1984 年。有意思的是，最早创刊的两本刊物，均是公安文学刊物，分别为公安部主管、群众出版社主办的《啄木鸟》和福建省公安厅主办的《警坛风云》。更值得一提的是，《啄木鸟》在正式创刊前，曾自 1980 年起以丛书（以书籍出版号出版）的形式陆续出版了十期，受到读者的欢迎。由此可见公安期刊在创刊前的一种忐忑和一种实验状态。

《啄木鸟》丛书第一册，群众出版社 1980 年版

我们从《啄木鸟》创刊号的内容编排上，可以窥见当时公安部宣传文化主管部门和出版社编辑部门的工作思路：一、面对文学的空前繁荣发展和加强法治宣传教育的迫切要求，公安机关应该有自己的文学刊物；二、公安文学刊物要坚持公安特色，打造自己的公安文学品牌，为公安工作和公安队伍建设服务；三、办刊是改革开放带来的新生事物，既要大胆尝试，又应谨慎办刊，要坚决贯彻党的文艺方针政策。《啄木鸟》创刊号没有发布“发刊词”，只是在文字简洁的卷首语里对刊名做了解释：“啄木鸟——森林的卫士；啄木鸟——害虫的天敌；啄木鸟——人民公安战士的象征；《啄木鸟》——广大公安干警和人民群众的良友”，随后，简要介绍了创刊号刊登的主要作品，发表在头条位置的是报告文学《追捕“二王”纪实》(李宏林)。

《啄木鸟》创刊号的发行受到了热烈的追捧，发行近 80 万册，一时达到了洛阳纸贵的地步。特别是对犯下辽宁省沈阳市“2·12”持枪杀人抢劫案，之后又流窜七个省市，连续杀人越货，引起全国轰动的凶犯“二王”的缉捕过程的详细报道，引起了广大读者的强烈兴趣。《啄木鸟》创刊号刊登的稿件，既有对重大案件的披露，也有讴歌优秀人民警察事迹的文章。作为文学刊物，中短篇小说也是刊登的重点，其中钟源的中篇侦探小说《夕峰古刹》，是其本人的代表作品之一，亦是研究中国新时期侦探推理小说的重要参考篇目。

与《啄木鸟》相比，同年由福建省公安厅创办的《警坛风云》，也是一本别具特色的公安文学刊物。与《啄木鸟》的庄重相比，《警坛风云》更显活泼，曾任该刊主编的李建生回忆说，甚至创刊号封面大胆地采用了“由福建省美术家刘新淼创作的建筑几何图形。出版后遭到反对，从第2期起改为照片”。《警坛风云》在选稿上也比较不拘一格，为扩大发行量，海岩的长篇小说《便衣警察》出版后，《警坛风云》迅速抢到其电视剧改编本予以连载，达到了较好的效果。李建生说：“应该说，《便衣警察》是发行量的推动剂。”在20世纪八九十年代，《啄木鸟》与《警坛风云》形成一南一北两个公安文学主阵地，吸引了许多优秀作家，发表了大量的优秀公安文学作品。两刊还于1986年在福建省厦门市联合举办了创作笔会，邀请王朔、苏雷、魏人、朱小平等优秀青年作家到会，向他们征稿。

在《啄木鸟》和《警坛风云》打破公安机关办刊的禁忌之后，公安期刊如雨后春笋般创办起来，逐渐形成了公安宣传和公安文学强势出击的态势。

《警坛风云》1986 年创刊号

1984 年 4 月，辽宁省公安厅宣传处搜集了社会上二十四种小刊小报，进行了认真的研判分析。调研结果形成报告，报送公安厅领导。报告认为，“这些报刊重要的板块都是公安题材，但是他们对于公安战线的报道大多是猎奇式的，是歪曲的，对社会有很大的污染，既丑化了公安形象，又容易诱发犯罪，迫切需要公安自己的声音，以正视听，荡涤污浊。”报告还认为公安内部期刊经过几年的发展，在编辑水平、作者队伍和杂志装帧几个方面，都有很大提高，“有几家已经具备了向社会公开发行的能力”。这个报告引起了公安厅领导的高度重视。经过反复的修改和论证，1984 年 9 月，辽宁省公安厅党委做出决定，创办一本向社会公开发行的公安法制刊物。辽宁省公安厅为此做了大量的筹备工作，公安厅领导还亲自到公安部做了汇报，刊名《水晶石》就是由时任公安部副部长余雷同志最后确定的。

《水晶石》1985 年创刊号

《水晶石》是当时第一本由省级公安厅局主办，向社会公开发行的公安法制刊物。它的办刊风格、装帧设计、选稿标准和范围，为之后各地陆续创办的同类刊物提供了一个很好的范本。

《水晶石》创刊号发行数量达到了惊人的 65 万册，取得了良好的社会效益与经济效益，也在各地公安机关引起了不小的轰动，起到了很好的示范作用。据刘俊荣回忆：“当时公安部正在上海召开全国公安厅局长会，辽宁省公安厅的领导把刚创刊的《水晶石》往桌子上一放，引起各地公安厅局长的注意，纷纷索要。辽宁省厅领导打电话给《水晶石》编辑部，空运了 100 本到上海。”

《水晶石》创刊后，派出编辑人员到全国各地广泛组稿，特别注重邀约公安机关内部作者的稿件，由此迅速建立起了自己的作者队伍。同时采取举办作者笔会、征文评奖活动等方式，紧密与作者的联系。这些方法也纷纷被其他公安法治期刊效仿，逐渐使当时的公安作家队伍紧紧地团结在了各地公安期刊的周围。公安期刊，不管是文学刊物还是法治刊物，都对公安文学的发展发挥了重要的推动作用。

继《水晶石》之后，从20世纪80年代中期到90年代初，一批公安法制期刊创刊并公开发行，如上海市公安局主办的《人民警察》、江苏省公安厅主办的《警方》、北京市公安局主办的《金盾》、河北省公安厅主办的《警视窗》、河南省公安厅主办的《公安月刊》、黑龙江省公安厅主办的《警察》、安徽省公安厅主办的《警探》、湖北省公安厅主办的《警笛》、湖南省公安厅主办的《当代警察》，等等。除了公安机关主办的刊物外，还有一批由各级公安机关主办的报纸也以较高的办报质量产生了很大的社会影响，如由公安部主管的《人民公安报》、北京市公安局的《首都公安报》、辽宁省抚顺市公安局的《抚顺公安报》、陕西省西安市公安局的《西安公安报》，等等。

作为公安法制期刊，这些刊物的内容形式多以报告文学和通讯为主，而囿于创作时间和篇幅的限制，以及主办单位的一些特殊要求，实际上生产出了一批介于二者之间的独特文体。这种文体较新闻通讯多一些文学性的描写，但多流于表面化，深入不了人物的内心世界，更缺乏对社会与人性的深刻剖析。而这种文体的影响延续至今，对公安题材报告文学创作水准的提升客观上起到了滞后的作用。

但作为公安宣传手段而言，公安期刊在当时发挥了极大的作用，对于普及法律和公安知识，宣扬公安民警的光荣事迹，树立社会正风正气，揭露和抨击犯罪行为，都有很好的社会效果，受到了广大读者特别是青少年读者的欢迎。而在这批公安期刊编辑部里，集中了一批公安文学爱好者，他们热爱自己的编辑工作，并且不仅仅满足于坚持刊物的宣传功能，更希望在公安文学的发展上做出自己的贡献。经过他们的努力，这些刊物大都开设了文学专栏，主要以连载的形式刊登中长篇公安题材小说，兼或也会发表少量散文、杂文和诗歌等作品。

这一批公安法制期刊，于 2004 年随着国家整顿期刊市场的措施实施而大多退出了期刊市场，或停刊，如《金盾》《警方》《警坛风云》；或转为内部刊物，如《人民警察》《水晶石》（后更名为《平安》）。冷静地分析这次大的调整，感觉一是随着时间的推移，公安法治期刊质量下滑，内容单调，法治宣传功能明显削弱；二是刊物过多，内容重复，抢稿现象愈演愈烈，造成市场混乱；三是新型媒体日益增多，读者越来越冷静，兴趣点也逐渐有所转移。公安法治期刊趁势而兴，又在十几年后顺应国家大局而退出历史舞台，在公安宣传史和公安文学史上都留下了短暂而值得纪念的一页。

就公安文学发展而言，这批公安期刊所取得的成就在于：

继承和发扬了公安宣传的优良传统，并且有所创新和发展。公安宣传其实是公安机关自建立之日起就是被高度重视的工作，从公安期刊的发展脉络就可以看到这一点。例如，北京市公安局，“1949 年 6 月 6 日，由北平市人民政府公安局秘书处编辑的《人民公安》正式出版发行。当时的《人民公安》不是杂志，而是一张 4 开 4 版的报纸。1952 年 1 月 7 日，《人民公安》改名为

《金盾》1988 年创刊号

《首都公安》，易名后还是报纸。1966 年 6 月‘文化大革命’中《首都公安》被迫停刊。1973 年 12 月 7 日复刊为《公安通讯》。1980 年 1 月，又改名《首都公安》，但仍是一本 16 开 32 页的内部刊物。1984 年年初，市公安局办公室宣传科在编辑出版《首都公安》内部刊物的同时，又编辑出版了内部发行的 8 开 4 版《首都公安报》。1984 年 8 月 10 日，经北京市委宣传部批准，《首都公安报》由内部报纸转为国内公开发行。同年 12 月 28 日，时任全国人大常委会委员长彭真为《首都公安报》题写报名。而《首都公安》仍是内部发行的杂志……1987 年 8 月 27 日，北京市委宣传部批准《首都公安》杂志更名为《金盾》杂志，由内部发行改为公开发行。”① 同样，上海市公安局的《人

① 刘蔚：《难忘的五个一》，《北京公安史志》2018 年第 1 期。

民警察》杂志也创刊于 1949 年上海刚刚解放不久，之后曾先后三次因故停刊，最终于 1982 年第四次复刊，出版发行至今。而且，《人民警察》期刊社于 1985 年又创刊了公安文学期刊《剑与盾》，于 1993 年更名为《东方剑》。从以上两本期刊的发展过

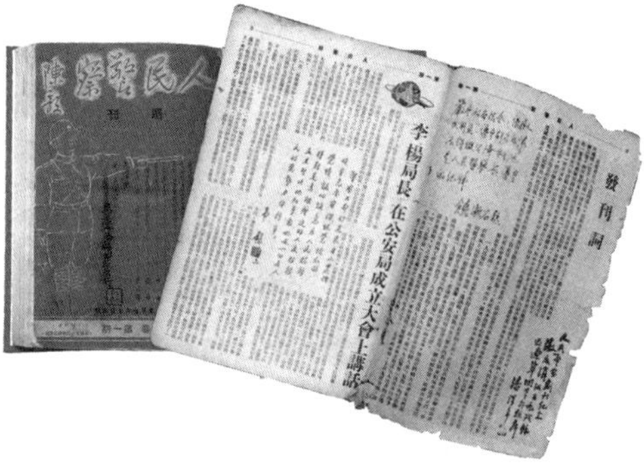

《人民警察》1949 年创刊号

《东方剑》1993 年创刊号

程就可以看出，公安法治期刊的出现是公安宣传发展脉络上不能割断更不可忽视的一段历史。而且，它们在将单纯的宣传工作文艺化的探索上做出了重要贡献。

培养和造就了新时期公安作家队伍，公安机关内部作家从此成为公安文学创作主力。一方面，各公安期刊的作者队伍获得了极大的创作空间，得到了写作的锻炼，享受到了文学创作的乐趣，创作积极性空前高涨，不少人由此正式走上了文学创作的道路，涌现出胡玥、孙丽萌、卿晓晴（甘肃省公安厅）、彭祖贻（湖北省鄂州市公安局）、徐雅雅（公安部）、罗学知（湖南省湘潭市公安局）、范东峰（陕西省西安市公安局）等一批优秀作家。另一方面，各公安期刊的编辑队伍中也出现了一批优秀公安文学作家。他们往往本身从事编辑工作前就开始了创作，编辑工作使他们的眼界更开阔，思想更深邃，也使他们的文字功力大大提高。时至今日，他们大多已经成为公安文学领域中的中坚，如《水晶石》的鲍尔吉·原野、娄玉振，《金盾》的张卫华、张策，《人民警察》的张斌、李动，《警探》的赵昂、张成功，《警坛风云》的林斌、孙德平，《警方》的金草帽（吕金铃）、《啄木鸟》的谢先云、魏人，《警察》的艾明波，《人民公安报》的杨锦、刘元林，《西安公安报》的范晋川，《公安月刊》的张立波，等等。这些公安作家在公安文学自苏醒而逐步走向发展的过程中，是承前启后的一代，是首次集结成军的队伍体系。他们与社会作家写公安题材作品最大的区别在于，他们对公安工作和自己的战友们有深厚的感情，对公安生活有切身的体会和深刻的认知，他们的作品生活气息浓郁，有较强烈的冲击力和感染力。由于他们在作品中往往会站在公安工作的角度去观察和分析生活，因此他们的价值取向有相对一致的趋势和表达，相反，也会在结构和文字上产生简单、粗糙、程式化的问题，在眼界上有时也会显得狭窄。

但是，由于公安法治期刊起步迅猛，办刊经验和办刊力量都有所不足，特别是办刊方向上，在文学与宣传之间的摇摆不定，使这一时期以这一批期刊为阵地发表的公安文学作品，质量参差不齐，文学性尚有欠缺。到国家清理整顿期刊市场的时候，这一弊端就暴露得更加明显了。但是，公安法治期刊的贡献是有目共睹的，它们使公安文学的苏醒有了坚实的平台，不再是一盘散沙式的零星状态，而是集体脚踏实地的努力。

第四节　不得不说的侦探推理小说

在1978年至1988年的十年间，侦探推理小说的悄然兴起，是一个不得不说的话题。它在当时公安文学尚显芜杂的文体里，是一枝独秀的兴盛状态。而且几乎从一开始，就表现出了既不同于西方传统侦探推理文学又有别于苏联侦探推理文学样式的中国特色。

学界专家们普遍认为，现代侦探推理小说是舶来品。“一般来说，认为是从杰出的潇洒而又怪诞的美国作家埃德加·爱伦·坡（1809—1849）创作的小说《莫格街凶杀案》开始。他一生只写了六篇侦探小说，然而却确立了侦探小说发展的全部模式。仿佛他制定了一个框架和确定了未来的走向，此后一百多年来，侦探小说几乎都沿着他的模式前行。”[①] 而中国传统的“公案小说”，如《包公案》《施公案》之类，严格意义上说，并不属于现代侦探小说系列。“公案小说乃中国本土思想与佛教思辨之结合物，侦探小说则是西方科技思维和司法制度之合产品。”[②]

在近现代中国，侦探小说的发展时断时续，并始终在全面模仿、继承与另辟蹊径之间摇摆。1914 年，将西方侦探小说引进中国，并率先在中国进行侦探小说创作的程小青先生，在上海《新联报》副刊《快活林》上发表了第一篇侦探小说《灯光人影》，随后便连续创作出了以霍桑为主人公的侦探小说数十篇，结成《霍桑探案集》出版，引起巨大反响。程小青的创作，基本上走的是模仿路线，连主人公的设置（私人侦探霍桑和其助手包朗）都是模仿《福尔摩斯探案集》里福尔摩斯与华生的模式。但是，程小青和当时的中国侦探小说作家们在模仿的同时，对侦探小说的意味和作用有着很清醒的认识，如一位侦探小说作家所言：“我写侦探小说，是想改造那些怀着畸形幻想的头脑，我要他们不畏惧，不骄傲，不苟且，不敷衍，不利己害人，不存着许多污秽的卑鄙的恶念，而应该知道做人是替社会尽义务，也就是自己尽责任。”因此，他们也在模仿的同时对文本的内容与形式做了大量本土化的工作，也针对社会现状提出了一些尖锐的批评和揭露。他们的作品受到社会的普遍欢迎也正是因为如此。

---

① 苏叔阳：《重新审视侦探小说的好读本》，于洪笙著《重新审视侦探小说》，群众出版社 2008 年版。

② 于洪笙：《重新审视侦探小说》，群众出版社 2008 年版。

中华人民共和国成立之后，中国文学受到苏联文学的巨大影响，苏联样式的侦探小说（主要是反特小说）大量引进中国，成为中国侦探文学新的榜样，至今影响不绝。特别是由于社会制度的改变，侦探小说的主人公不再是西方的私家侦探，而变为公安机关的侦查人员。侦查破案也不再是孤胆英雄的壮举，而是集体智慧的结晶。尤其是“专门工作与群众路线相结合”的中国公安工作基本方针，为中国侦探推理文学定下了最根本的遵循原则。

而在1978年至1988年的十年间，中国侦探推理小说在之前的发展路径上更出现了新的尝试和拓展，开创了新时期侦探推理文学的新局面。作为公安文学重要的一个分支，侦探推理文学的发展始终是值得我们研究的课题，这十年间的进步更不容我们忽视。

在这一时期侦探推理文学出现崭新面貌，掀起了一个新的创作高潮，不是一种偶然，而是一种必然的现象。和公安文学整体的苏醒与发展一样，它也是沉寂期之后文学爆发的一种结果，是时代的产物，也是思想解放的标志。值得注意的是，这一时期的侦探推理文学已经不满足于之前偏重对苏联文学样式的模仿和借鉴，而是开始吸收和学习西方国家的创作经验。

这一时期，出版业的繁荣也为侦探小说的发展提供了更多的便利。群众出版社除了再版了《福尔摩斯探案集》和部分苏联侦探小说，还选择翻译出版了日本、英国等国家的著名侦探推理小说作品。其他出版社也在这一时期推出了大量的国外侦探推理小说。一时间，中国读者认识了除了福尔摩斯之外的诸多“神探”，侦探推理小说在社会上大受欢迎。据统计，1981年，侦探推理小说竟在我国各类图书销售中占到了第一位。这是一个不能不引起我们关注的现象。时至今日，侦探推理小说的魅力到底在哪里？侦探推理小说和公安文学是什么关系？侦探推理小说中国化的问题如何解决？这些问题一直伴随着侦探推理小说的发展而存在着。

在1978年至1988年的十年间，侦探小说的创作风起云涌，颇为壮观，但良莠不齐，质量高下十分明显。在这一阶段中，优秀的侦探推理作家有李迪、钟源、蓝玛、彭祖贻等人，且诸多知名作家如范小青、王朔、余华、叶兆言等也参与其中。但这之间以李迪、钟源作品的影响最大，他们二位可以称为新时期中国侦探推理文学的开创者。

李迪，男，北京人，中学毕业后赴云南生产建设兵团插队，后参军入伍，任师文化科创作员，并开始文学创作。复员后曾任人民文学出版社编辑、《商品与质量》周刊总编辑。他在从事编辑工作的同时，创作了大量优秀文学作品。著有长篇小说《遥远的槟榔寨》《野蜂出没的山谷》等。他的中篇侦探小说《傍晚敲门的女人》和《悲怆的最后一个乐章》在发表时引起了强烈反响，分别获得首届“金盾文学奖”和“蓝盾文学特别奖”，并译成多种文字在国外出版。

特别值得一提的是，近年来李迪转向公安题材报告文学创作，又先后推出了《丹东看守所的故事》《警官王快乐》、《英雄时代》等名篇，在公安题材报告文学领域享有盛誉。

李迪的中篇侦探小说《傍晚敲门的女人》取材于发生在北

京的一个真实案件。他敏感地捕捉到了这个看上去并无特殊之处的普通杀人案背后隐藏着的情感故事，用细腻而充满激情的笔触，层层剥笋、步步推进的结构和独特的审讯工作视角，把一个杀人案的审理过程铺陈得跌宕起伏，又丝丝入扣。可以说，这篇作品的精致结构和细节处理，放到今天都可称为范本。

李迪著《傍晚敲门的女人》，群众出版社 1985 年版

小说内容其实很简单。某公司经理王少怀被杀死在其父亲独居的卧室里，唯一的犯罪嫌疑人是来此和他幽会的公司医务室医生欧阳云。欧阳云被传唤后先是拒不承认与王少怀有关系，被揭穿后又坚决否认杀人。而当办案人员经过缜密分析感觉杀人凶手可能另有其人时，她又突然翻案坚称是自己杀了王少怀。案件最终告破，是深爱欧阳云的运煤工丁力杀死了衣冠禽兽王少怀，而欧阳云因悔恨自杀。

李迪对作品进行了精心的构思。他没有选择惯用的现场勘查、调查取证、法医解剖、集中分析的侦办过程，而是把故事的叙述和推进集中在预审室里侦查员梁子与欧阳云的直接交锋上。狭小的空间和敌对的情绪，营造出一种紧张致极点的氛围张力，双方你来我往、此胜彼消的言语交锋充满了试探、反驳、攻击、揭露和爆发。谎言一点点地被粉碎，事实真相一点点地被摆到读者面前，其间充满了精妙的推理和调查，在预审室的跳进跳出，营造出一种强烈的节奏感，使全篇作品更具活力，更富悬念。

在这篇小说里，李迪巧妙地借鉴了西方侦探推理小说的笔法，两个人的对决方式让人性的隐秘暴露得更充分，也更血淋淋。李迪还恰当使用了意识流的手法，以回忆或梦境的方式穿插了一段主人公在插队时追捕狐狸的往事，以动物的惨烈情感衬托着案情的逐渐揭露，加重了对丑恶的抨击，也加深了对美好的渴望。有评论指出："整个审讯过程，与其说是公安人员对案件的侦破调查，不如说是作者对欧阳云这样一个有着坎坷身世和不平经历的女性的心灵世界的一次艰难探寻。这种心理探寻，使这篇小说超越了一般侦探小说的故事价值，而获得了更高的艺术支点。"①

李迪的语言也有自己鲜明的特点。句式精练，节奏感强，符合故事叙述的需要，很好地表达出了故事的内涵。

钟源，男，北京人，原名张晓东，毕业于清华大学动力系，曾在热电工程师的岗位上工作多年。1979 年开始发表文学作品，创作了大量小说及影视剧本，后调入人民日报社工作至退休。他的创作以历史题材和侦探推理题材为最重要的两部分，著有

---

① 宋强：《李迪及其傍晚敲门的女人》，《中国公安文学作品选讲》，警官教育出版社 1996 年版。

长篇小说《胡雪岩》《天行健》《魂断紫禁城》，电影《一代枪王》《五虎闯天桥》等，中篇侦探小说以《翡翠麻将》（曾拍摄成同名故事影片）、《夕峰古刹》为其代表作。钟源自称：“1992年首先在中国文坛倡导‘现代欣赏美学’。并以其美学指导思想，创作出数十部侦探小说。其中四部被搬上银幕，多部获奖。”

钟源是个名副其实的多产作家。他思维活跃，创作精力旺盛。他是当时第一个提出“强情节”概念的作家，并努力在自己的创作中付诸实践。他的侦探小说相对比较遵循传统，但故事情节多离奇生动，场面火爆。他的侦探推理小说主要有以下特点：一是较多地涉及“文化大革命”期间留下的精神创伤和悲惨遭遇，有“伤痕文学”的痕迹，并因使用侦探小说的笔法结构而更显惊心动魄。例如《翡翠麻将》，故事主线就是寻找在“文化大革命”中被掠走的一副翡翠麻将，而引发出一连串的案件，悲剧色彩浓厚。二是人物塑造生动丰满，他在他的一系列侦探小说中，塑造了众多形形色色的人物形象。他注重用细节和动作对人物进行刻画，使每一个人都栩栩如生，让人过目不忘。他在系列侦探小说中塑造的刑警队长陈庭，这个人物的精明、干练和不羁，以及那个精心设计的在手枪套里装着酒瓶子的细节，都令人叫绝。三是在故事中信手拈来掺杂一些民俗、典故和科普知识，使作品更有趣而灵动。例如，《夕峰古刹》里山间突起怪风的情节，增强了读者的恐怖感。钟源是北京人，热爱北京历史文化，这方面的知识积累深厚，这也是他擅长写历史小说的原因。

李迪和钟源的侦探推理小说创作，既遵从传统，又不乏创新和借鉴。在此基础上，他们可以说在中国特色侦探推理文学的创作道路上，迈出了可喜的第一步。而中国特色侦探推理文学体系的建立，应该是从事侦探推理文学创作和研究的人们的责任。笔者以为，侦探小说是一种社会性很强的文学样式。而所谓社会性，必然反映出一个民族的文化特征和性格特征。目前世界上侦探小说水准较高，而最受读者欢迎的国家是日本和英国，这已为侦探小说界所公认。而这两个民族确实是以某种严谨的特征而著称的。美国侦探小说也拥有大量的读者，但美国侦探小说的发展已趋向于犯罪小说、惊悚小说、恐怖小说等样式的融合。其实也与美国的民族多元化有关。社会性必然同时反映了社会制度、社会政治、生活形态，中国的社会主义制度注定了中国侦探小说必然要走和其他西方国家不同的道路。这种不同，甚至是本质上的某种不同。自 1979 年至 1988 年的十年间，中国特色侦探推理文学在探索中迈出了坚实的第一步。

除李迪、钟源外，蓝玛、彭祖贻、何家弘也是当时在侦探小说创作上有所成就的作家。蓝玛，男，北京人，原名马铭，曾在云南生产建设兵团插队。1987 年开始文学创作，1992 年返京。他除了创作侦探推理文学外，还是著名的儿童文学作家，有“中国神秘小说第一人”的美誉。他的侦探小说作品里多有浓郁的云南民族风情，风格幽默、平淡而蕴含深刻。彭祖贻，男，湖北人。长期在公安机关工作，做过刑警，退休前任鄂州市公安局办公室副主任。因有丰富的刑侦工作经验，他的作品更贴近生活，充满生活气息。

何家弘，男，北京人，满族。曾经当过农民、工人的何家弘，凭借刻苦的努力，先后获得中国人民大学法学硕士和美国西北大学法学博士，现已成为国际知名的法学家。20 世纪八九十年代，他在工作之余创作了《洪律师推理小说》四部，引发社会广泛好评。

特别值得一提的是著名作家王朔的侦探小说创作。王朔，男，北京人。曾在海军服役，退役后曾在医药部门工作，后专门从事写作。他的小说别具一格，是中国文坛上一个独特的现象。因受邀参加了《啄木鸟》和《警坛风云》联合组织的 1986 年笔会，开始涉足侦探小说创作，以中篇侦探小说《枉然不供》成名，并结集出版了小说集《单立仁探案集》。但是，由于他的"谐趣小说"（1990 年作家出版社曾以《王朔谐趣小说选》为名结集出版了他的主要作品，故名）、"痞子文学"名声太过响亮，因此他的其实很优秀的侦探小说就淹没在这名声里了。

2012 年 10 月，由北京师范大学教授任翔主编的《百年中国侦探小说精选》（1908—2011）出版，对中国侦探小说进行了一次全面的梳理。这部书共 10 卷，其中自第 5 卷《傍晚敲门的女人》始均为改革开放后创作出版的新作品，充分说明了侦探推理小说在新时期的蓬勃发展。这部书的历史价值和参考价值，都是值得注意的。如任翔教授在该书序言中所说："希望能为读者提供一个全面而系统的中国侦探小说读本，为研究者提供一幅清晰的中国侦探小说作品图谱，为当下中国侦探小说作家的创作提供可参照的范本，为系统而深入地研究中国侦探小说打下坚实的基础。"

第五节　巅峰：海岩和他的《便衣警察》

我们前面说过，在1978年至1988年的十年间，公安文学处于一个苏醒期。在这个阶段里，公安文学的创作总体上还属于一种起步的状态。特别是公安机关内部的作家们，大多还在摸索之中，作品尚显幼稚。但是，就在这样的情况下，1985年，海岩的长篇小说《便衣警察》出版，顿时如一座巅峰，矗立于整个中国文坛之上，使所有人为之振奋，仿佛窥见公安文学的曙光已经在冉冉升起。

海岩，男，北京人，原名侣海岩。1970年中学毕业后参军，在海军航空兵部队服役。1974年复员回京，同年参加公安工作。曾在劳改部门做共青团工作。1979年调入公安部。自1986年起从事饭店管理。现任上海锦江集团副总裁，北京昆仑饭店董事长等职，并担任全国公安文学艺术联合会副主席。海岩曾被人誉为"跨界人才"，他除了本职工作外，在文学创作、装潢设计、家具收藏等方面都有所建树。

《便衣警察》是海岩的第一部文学作品，创作于1983年前后。谈到创作这部作品的初衷时，他曾说："一是因为我当时还在公安一线工作着，是公安部侦查部门的一名干部，对职业和身边的战友有着浓厚的感情。二是因为当时看了许多所谓'地摊文学'，很惊讶这样的烂东西也可以印成铅字？我们这一代人对铅字是崇拜的，这种铅字崇拜一旦被打破，我就想为什么我不能写些什么呢？"作品完成后，海岩把书稿寄到人民文学出版社，三个月后没有得到答复，他就登门去询问，得到的回答是：“我们是文学出版社，不出版公安的书。”据海岩回忆，当时他说：“你们看一页，看不下去我拿走。”于是，之后的事情就变得很顺利了。

1985 年，《便衣警察》由人民文学出版社出版。据说，该出版社自发来稿的出版率不到千分之一。编辑坦言：“我们从来没有看过公安题材可以这样写。”

海岩著《便衣警察》，人民文学出版社 1985 年版

《便衣警察》出版后在社会上刮起旋风式的热潮，获得公安部颁发的“金盾文学奖”。海岩随即创作了多部同类型作品，以《死于青春》为名结集，于 1987 年出版。《便衣警察》也迅速被改编成电视剧播映。那曲主题曲《少年壮志不言愁》随即唱响大江南北，至今仍是人民警察战友相聚时唱得最多的曲目。评论界给予《便衣警察》的评价是：“中国公安文学发展中的一个里程碑式的作品，它标志着中国公安文学一个新的时期的来临。”

长篇小说历来被认为是“时代的史诗”，以其反映生活的深度和广度为衡量标准。故事情节的曲折复杂，人物形象的丰富多彩，涉及社会层面的深入和解析准确，都使长篇小说担负着任何一个民族的文学发展史的坐标功能。《便衣警察》的成功之处在于，它通过警察这个特殊职业对人物命运的束缚和扭曲，折射出了中国人在一个特殊历史时期里的不屈与抗争。它不再是所谓社会作家站在公安行业之外的观察，也不局限于行业内作家的狭隘眼界，它第一次把文学意识真正融化在了公安作家的血液里，从而铺陈出一个充满时代感和公安气息的悲壮故事。

《便衣警察》讲述了这样一个故事：1976 年，经群众举报，南州市公安机关抓获一名叫徐邦呈的台湾特务，但并没有弄清他潜伏来南州的目的。在极“左”思想的影响下，徐利用了当时公安局有关领导急于破案的心理，谎称要在边境接应特务小分队入境，破坏“批林批孔运动”。结果在押解他去边境的时候他趁机逃跑，被青年民警周志明击毙。任务失败，线索中断，这个特务的真正潜伏任务也成了谜。周志明当时正和偶然认识的施肖萌相恋。在追查群众自发悼念周总理的活动中，为保护施肖萌的姐姐施季虹，周志明把相机中的胶卷曝了光。之后，又为了保护一起执行任务的战友陆振羽，勇敢地向领导承认了自己曝光胶卷的事。周志明因此被打成“现行反革命”，又因徐邦呈的事背上了特务嫌疑。身陷囹圄，父亲含恨去世，周志明跌入人生低谷，为了不连累施肖萌，他毅然与她断绝了关系。

粉碎“四人帮”之后，在监狱里受尽凌辱的周志明平反出狱，回到公安队伍中，但仍然在组织结论上留着个“尾巴”。这时施肖萌已经考上大学，重新聚首的一对恋人却出现了裂痕。但周志明在心底仍然爱恋着施肖萌，为此还婉拒了同事严君的表白。死里逃生的徐邦呈经整容后化名再次潜入南州，并利用施季虹开展特务活动。经过艰难的努力，周志明和战友终于将徐邦呈的真面目揭穿，并挖出了潜伏很深的特务卢援朝，取得了最后的胜利。

小说以“3・11”和“11・17”两个间谍案贯穿始终，并把案件的侦破放置于特殊年代的背景之中，使案件的侦破变得困难重重。但海岩在创作中并没有将侦破这两个案件放在整个事件的核心，而是将作品的意蕴放大到人物的命运层面，把案件仅仅作为作品的表层结构线索，用以衬托和推动作品的深层结构——主人公周志明坎坷的人生经历，使得作品显得张力十足而且饱满丰富。周志明的形象也因在案件的起起伏伏中显得更加扎实可信，更加展示出一名普通公安民警的坚强和执着。海岩的《便衣警察》，开辟了新时期公安文学的新路径。“公安题材文学在其发展的第一阶段，那些从战争的硝烟中走出来的革命作家们已经几乎把情节性较强的侦破惊险样式写完了。进入新时期后，从维熙、王亚平等作家表现公安题材的中短篇小说以巨大的政治主题、历史主题进入艺术的审美领域，引起广大公众的强烈轰动，使文坛骚动。但是，公安文学如何真正步入艺术的殿堂？如何在艺术的意义上走向深化和兴盛？这至少需要解决三个方面的问题：一是在哲学意义上用自己的作品意蕴涵盖和概括整个时代；二是在美学意义上创造富有艺术魅力、经久不衰的艺术形象；三是抛弃驾轻就熟的老路，开创新的审美风范。这个艰巨的历史任务，是由海岩来完成的。”①

《便衣警察》在当时尚不成熟的公安文学体系中，如横空出世，树立起一座艺术的标杆，使公安文学的创作者和研究者都顿时感到眼前一亮，有茅塞顿开之感，也使公安文学在中国文坛上的地位有了极大的提升。

《便衣警察》使公安文学第一次获得了广阔的时代背景和深远的历史渊源。《便衣警察》之前的作品，尽管生动表现了公安工作的方方面面，也展示了人民警察的良好形象，但总体上说，作者大多没有把目光有意识地落到时代和历史这两个重要的支点上。即使涉及了，也往往成为政治需要的一种解读。而《便衣警察》有意识地把时代背景和人物命运有机结合，即使人物的命运有了合理而悲壮的舞台，也使时代在读者眼中变得更清晰更鲜活，更具备了震撼人心的力量。

《便衣警察》使公安文学第一次拥有了特质鲜明有血有肉的人民警察典型形象。如果我们承认，马天民、王公伯都是公安文学艺术长廊里的典型形象，那么他们显然是时代政治特征的图解式人物。他们是感人的，他们是悲壮的，但他们的感人与悲壮更多来自他们所象征的那个时代的政治需求。而周志明和他的战友们则不然。特定时代在他们的生活里不是单纯的主宰，而是命运的因素。他们更多表现出的，是人民警察的特质，是不屈服于命运的职业坚强。这应该说是公安文学人物塑造的

① 高建平、张子宏、于奎潮：《中国当代公安文学史稿》，群众出版社 1993 年版。

真谛。

有评论还认为：《便衣警察》是“侦破题材长篇小说的一次突破”，“《便衣警察》的出版，终于填补了长篇小说在这一题材领域没有佳作的空白”。这一说法是正确的，但不够准确。《便衣警察》不是一部单纯的侦探小说，它在侦探推理文学方面的成就不足以代表它的整体文学意义。而且，我们也不能不承认，如果说《便衣警察》也有不足的话，那么正是在其侦查办案的描写上有一些落入俗套的笔墨。《便衣警察》应该称为新时期公安文学的开山之作，如果我们仅仅重视它在侦探推理文学上的成绩，我们就可能会忽视它在整个公安文学领域的重要意义。应该说，海岩和他的《便衣警察》，开辟了新时期公安文学发展的新路径，提出并确立了公安文学的基本遵循，也为公安文学向着更高的文学艺术殿堂挺进而提供了充足的信心。

而关于侦探小说与公安文学的关系，我们后面还会有所论述。

1994 年，海岩凭借长篇小说《一场风花雪月的事》成功转型，由此开辟了另一条公安题材小说的写作道路。在这之后，《永不瞑目》《玉观音》《深牢大狱》《舞者》等小说作品，定型了海岩“公安题材加青春言情”的独特的文学样式，使海岩成为中国文坛上一个独特的文学现象。

文学创作是个性化的艺术行为，但文学创作的评价绝不仅仅关注其突出的个性，更要关注其对社会与人类本身的影响和作用。从这个角度说，海岩的《便衣警察》，永远是他众多优秀作品中不能忽视的里程碑。

第三章　势如破竹：公安文学的成长期（1988—1998）

第一节　目光的转移之处

20 世纪 90 年代，是中国历史上一个重要的时期。有人说：那是一个特殊的年代，它是中国的未来由朦胧而清晰、由迷惑而明朗的关键年代。正是有了这个改革开放的过渡期，20 世纪 80 年代的价值观才会转化为具体的、实实在在的行动。在那个年代，有许多大事我们今天仍然记忆犹新，印象深刻，甚至一直影响着我们对未来的期许和判断。1992 年，中共十四大在北京召开。1993 年，在第八届全国人民代表大会第一次会议上，完成了中央领导集体的换届，确立了新时期的大政方针。在这十年中，京九铁路、三峡大坝等重点工程相继开工，中国经济逐步走上快车道。面对国际风云变幻的不利形势，中国在 1997

年实现了香港回归祖国的梦想，并在1999年10月1日举行了庆祝中华人民共和国成立50周年的盛大阅兵式。而首次申办奥运会的失利，则让全体中国人民认识到我们面前的道路还很长，也很艰难。

在这个年代，中国文学的发展也和祖国的发展形势一样，经历了许多，也成熟了许多。在文学理论界，有人把这一时期称为“后新时期文学”，认为在这一时期，面对经济的飞速发展和人们思想价值体系的变化，文坛格局、形势以及文学的审美形态、精神面貌都有所改变。这种改变表现在以下几个方面：一是文学渐渐失去轰动效应，进入平静而“寂寞”的发展时期；二是出现了逃逸社会话语中心的现象，开始向边缘话语转移，于是出现了许多新的旗号，如新写实、新历史、新状态、新女性……；三是商业大潮的突起，“精英”文化受挫，社会对知识分子“精英”产生了扼制和放逐的状态。文学界对此进行了坚决的抗争，许多作家拒绝商业化的冲击，甚至提出了“保卫纯洁”的口号，直接用作品批判和揭露商业思潮的负面作用。1993年到1994年，文学界开展了一场关于人文主义精神的大讨论，指出文学商业化会使作品质量低下，是中国人文精神的危机。但是，也有一些作家对商业化执宽容态度，提倡建立与市场经济相适应的新观念、新道德。从总体上看，1988年至1998年的十年间，中国文学在动荡与争论中顽强成长，在反思和焦虑中逐渐逼近现实主义的本质。这一个年代，对于中国文学来说，也是十分重要的。

而公安文学，由于特殊的地位和环境，较少受到外界的干扰和影响，在这十年间，反而呈现出一种逐渐走向成熟并加速发展的基本态势。特别是曾经积极参与过公安文学创作的社会作家们，随着文学整体的变化而日趋冷静，纷纷开始寻找更符合自己的创作道路，大多数人逐渐远离了公安文学。甚至有些人连文学都放弃了，如因《神圣的使命》而广为人知的王亚平，选择了远走异国他乡谋生。在这种情况下，公安队伍内的作家们便逐渐成为公安文学创作的主力。说这十年是中国公安文学的快速成长期，是准确的。

海岩《便衣警察》的成功，引发了公安作家们的深深思考。什么才是真正的公安文学？公安文学所要表现的是什么？虽然时至今日，这些问题仍然是一代代公安作家所要面对的重要命题。而在20世纪八九十年代，当公安文学仍在迷雾中艰难摸索前行的时候，这个问题则是时刻横亘在每一位有担当、有使命感的公安作家心头的重担。他们带着这样的思考，迈进了90年代，在探索中前进，在尝试中成长。应该说，大部分公安作家在今天已经成为公安文学的中坚力量，都是在这个时期完成了他们的成年礼。而公安机关的各级领导对公安文化、公安文学的认识，随着形势的变化，也在这一时期逐渐转向了重视和扶植。“公安文化建设在社会文化加速发展的环境下，由新中国成立初的开创成长期进入了发展壮大期。这一时期，公安机关大力推进社会主义法治建设，执法观念和执法方式由改革开放初期的有法可依、执法必严、违法必究发展为严格、公正、文明执法；伴随着公安机关解放思想、锐意改革，特别是漳州110和济南交警等新型警务和执法形态的出现，‘严格执法、热情服务’成为这一时期公安文化的时代特征。”① 这样的文化形态，必然要求有符合形态的文学作品出现，公安文学的目光也必然由最初的某种狂热向人性最本真的地方转移。

这也是海岩的《便衣警察》给予公安作家们最重要的启示。在1988年到1998年的公安文学成长期里，许多优秀公安作家陆续推出了他们的代表作。他们的成长，标志着公安文学的目光从仅仅关注大、要案的侦破，转移到通过对公安工作特质的描拓而深入探寻复杂的人性；从追求表面化的激烈、火爆和刺激，转移到向文学的真正内涵进行冷静的探索和开掘。在文字的运用上，他们也已逐渐摆脱了粗糙、肤浅、思维单线的状态，而向纯粹的文学本质靠拢。

难能可贵的是，这批公安作家并没有简单地去模仿或复制《便衣警察》的成功，他们在深刻思考的基础上，自觉地利用和调动起自己独特的生活积累和感悟，使他们的创作从一开始就呈现出多姿多彩的文学状态。

魏人，原名魏东生，男，山西人。中学毕业后曾在内蒙古生产建设兵团插队，返京后在工厂当工人，后调入中国民间艺术家协会，再调入《啄木鸟》编辑部任编辑。在这一阶段，他发表了大量的以刑警为主人公的公安题材小说，形成了自己文学创作的鲜明特点。

魏人把目光集中在刑警身上，始于他调入《啄木鸟》之后的一次体验生活，他选择了北京市公安局宣武分局作为他的体验基地，深入分局刑警队，跟随刑警们出差办案，与刑警每天

① 公安部宣传局、全国公安文联：《中国公安文化建设》，群众出版社2017年版。

在一起摸爬滚打。这样的生活给了魏人很大的震动，使他从中窥见了刑警丰富的内心世界，并从中提炼出他自己的思考。魏人曾说：“只有刑警，才是中国人民警察的代表，他们所经历的一切艰难困苦，他们生活中的喜怒哀乐，是最能够代表人民警察的状态的。”在20世纪90年代初期，魏人发表了《刑警队长和杀人犯的内心独白》《警官的眼睛》《刑警的誓言》等一系列中篇刑警小说，后由群众出版社结集，以《魏人刑警系列小说选》为名出版。魏人的这一系列小说发表后获得广泛的好评，获得了多种奖项，其中《刑警的誓言》改编为电影《龙年警官》后，为魏人带来了极大的荣誉，也奠定了魏人在公安文学上的地位。

电影《龙年警官》，北京电影制片厂 1990 年出品

“单就其作为惊险侦破小说的情节铺叙而言，魏人的刑警系列小说并不比时下的畅销杂志上那些惊险侦破故事高明多少，它之所以能在新时期中国公安题材文学创作中占据相当引人注目的一席之地，是因为作者注意赋予作品中所描写的那些发生在八九十年代中国大都市中的刑事案件以其所处的这个时代所具有的种种社会的、心理的特征。这是魏人刑警系列小说最值得称道的地方，也是这批小说对中国当代公安题材文学创作的独特贡献。”①

进入21世纪之后，魏人的创作精力主要放到了影视创作上，但他仍然对刑警题材情有独钟。除了参与创作电视剧《警察本色》《警察世家》《爸爸父亲爹》等，他还创作有一个新的刑警系列小说《刑警张玉贵的故事》，并陆续改编成电影上映，同样收到了很好的效果。

曹乃谦，男，山西人。1968年高中毕业后曾在煤矿工作，当过矿务局文工团器乐演奏员。1973年调入公安局，此后一直在山西省大同市公安局工作。他自1986年开始文学创作，迅速以他独特的作品题材和笔法引起了社会的广泛关注和好评，甚至得到了诺贝尔文学奖评委的青睐。

作为生于斯长于斯的山西人，热爱文艺的曹乃谦深受山西地域文化的熏陶和影响。从他创作的主要题材上看，他的中短篇小说《到黑夜我想你没办法》《晒阳窝》《温家窑风景二题》《牛犊犊下河喝水水》等，都是山西农村的乡土故事，都洋溢着浓浓的山西风情。而从他的文字里，也可以看出受着“山药蛋派”的深厚影响。可以说，曹乃谦是公安作家中较早涉足社会题材创作而且取得了不俗成就的人。

① 宋强：《魏人及其〈警官的眼睛〉》，《中国公安文学作品选讲》，警官教育出版社1996年版。

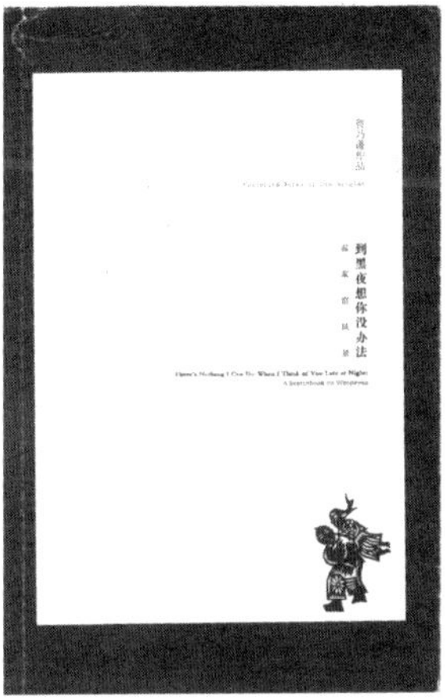

曹乃谦著《到黑夜想你没办法》，湖南文艺出版社 2012 年版

曹乃谦纯粹写公安题材的作品不多，但同样看得出他在文字风格上的追求。他笔下的公安，是山西公安；他写的公安故事，是山西公安故事。例如，他发表于 1993 年的短篇小说《斋斋苗》，“在对质朴人情的描述过程中，方言运用贴切得当，鲜活灵动，一些民歌中的修辞手段，如重声、叠字等在小说中比比皆是，为小说的语言增加了亮色，同时，也为作者的小说增添了更多的乡情、亲情和男女爱情生活独有的韵味。”①

关于地域文化对公安文学的影响，随着时代的进步、公安工作的发展和全社会对中国传统文化的日趋重视，也越来越引起有识之士的关注与研究。公安工作是一个具有特殊性质的职业，它的职业要求的重点之一就是要深入人民群众并为之竭诚

① 阎新瑞：《曹乃谦及其〈斋斋苗〉》，《中国公安文学作品选讲》，警官教育出版社 1996 年版。

服务，那么接受、融合、吸收并运用地域文化，拉近和当地人民群众的关系，必定是任何一个特定的公安机关所要面对和解决的问题。这种公安文化的重要形态，必然要反映到公安文学的创作之中。而公安文学与地域文化的交融，也必然在某种意义上促进公安文学的发展。

与魏人的刑警情怀和曹乃谦的乡土气息不同，孙丽萌和聂虹影的创作里则充满了女性警察和女性军人的特征。

孙丽萌，女，山东人。1976 年参加公安工作，曾做过派出所民警，后一直工作在内蒙古公安机关的宣传文化部门。1984 年开始发表作品，曾任内蒙古自治区作家协会副主席。她的创作涉猎很广，在小说、报告文学、诗词和影视作品创作上都有可观的成绩，有《孙丽萌文集》出版。

孙丽萌自己曾说：女人的强，女人的弱，女人的不幸，女人的欢乐，无不牵扯着我的心灵、我的情感。在她的笔下，女性人物占了多数，而身为人民警察的女性更是多数中的多数。孙丽萌的代表作品应为报告文学《女所长，你为什么哭泣》和长篇侦探小说《血象》。前者对内蒙古呼和浩特市一名优秀的女派出所所长的工作、生活和情感经历进行了深入而细致入微的采访和描写，文字充满感情，读来引人泪下。后者以一起某市副市长一家四口被杀的特大案件为主线，讲述了一个面对高智商犯罪的重重阻力而锲而不舍追查到底的刑警故事。血象，指的是血液的一般检验结果，又称血常规检查。血象的变化预示着血液内部的变化，是人机体变化的重要指标。而人的机体的死亡，正是源于血液内部的自相残杀。孙丽萌用血象做隐喻，字里行间渗透着敏锐而深刻的思想文化内涵，对人性做了鞭挞入里的分析和揭露。

孙丽萌著《血象》，大众文艺出版社 2001 年版

聂虹影，女，河南人。1986 年入伍，在公安边防部队服役多年。1987 年开始发表作品，后入中国人民解放军艺术学院文学系深造。现任公安部中国移民管理报社社长。聂虹影是优秀的散文作家，发表散文作品二百余万字，有多部专著出版，并获“全军最喜爱的图书奖”等多项奖项。在她的从军、从警经历中，曾九次荣立三等功，并被评为“河南省优秀人民警察”。

聂虹影的散文，不失女性的温柔，更有难能可贵的军人气质和对事物的敏感观察。用她自己的话说：“写作是一个很小很小的世界，又是一个很大很大的世界”，她以一个女军人的身份在这个世界里徜徉，不断创造着属于自己也属于文学的成绩。

赵昂，男，安徽人。1982 年毕业于安徽省公安学校，同年被分配至安徽省公安厅，先后在宣传处、办公室工作，曾长期担任《警探》杂志副主编、主编，现任安徽省警察学院党委书记。赵昂的创作在公安作家中独树一帜，他选择并坚持了以杂文、随笔为创作的主方向，先后出版有《冷言热语》《难言真实》《思想的碎片》、《正确的废话》《穿裤子的汉字》等杂文、随笔集。赵昂的文字幽默、机智，富有哲理而又浅显易懂，容易为读者接受并引发思考。赵昂还是一名优秀的编辑和出版工作者，曾获安徽省“十佳出版人”称号。

赵昂著《冷言热语》，上海人民出版社 1998 年版

王仲刚，男，河南人。一直在铁路公安系统工作，曾在广州、青藏、兰州、郑州等地铁路公安局任处长、副局长、政委等职，曾十七次荣立个人一、二、三等功。1988 年，他创作的

第一部电影作品《风流警察亡命匪》上映，广受好评，被发行到国外多个地区。自此，王仲刚潜心公安题材影视创作，先后创作了电影八部、电视剧四部。王仲刚是最早涉足影视创作的公安作家之一，他的作品始终关注着铁路警察的工作与生活，生动展现了铁路警察独特的艰苦工作环境和牺牲奉献精神。王仲刚的影视作品风格鲜明，洋溢着爱憎分明、昂扬向上的公安精神和简洁明快的艺术特色。

除了影视作品外，多产的王仲刚还创作有长篇小说《喋血大动脉》《紧急追捕》《国旗恋歌》等。2009 年，群众出版社为王仲刚出版了《王仲刚文集》。2019 年，王仲刚在群众出版社出版了长篇纪实文学《中国铁路第一大案解密》。

王仲刚著《中国铁路第一大案解密》，群众出版社 2019 年版

程琳，男，黑龙江人。曾在黑龙江省牡丹江市公安机关刑警大队、经侦支队等部门工作多年。程琳属于厚积薄发的作家，他在陆续发表了一些不太知名的中短篇小说后，才于 2002 年将他的第一部长篇小说《黑蚂蚁》，发表在国内重点文学期刊《收获》杂志上，表现出了一名公安作家的较高文学素质和深刻思考。之后，程琳先后创作了长篇小说九部，多次获奖，其中长篇小说《人民警察》曾获得2014《当代》文学拉力赛年度总冠军。近年来，他还成功涉足影视创作，有多部影视作品问世。程琳在谈到自己的创作时曾说："我想写警察小说的初衷，就是想通过我对我们警察真实而客观的描写，让读者能够真切地了解我们。在中国当警察应该是世界上最难的，因为只有中国的警察才叫人民警察。作为警察，我们既要忠于法律，同时，我们还得要执法为民。"

修莱荣，男，黑龙江人。曾在黑龙江省哈尔滨市公安局工作多年，当过刑警。他在1994年推出了传记报告文学《陈龙传》，描写的是已故公安部副部长陈龙同志的传奇一生。这是他历时六年，采访近百万字，反复修改而完成的一部大作。作品一出版即获得广泛好评，并荣获中宣部"五个一工程"奖。这是全国公安系统获得的第一个全国性文学奖项。

李炳天，男，河北人，曾长期在公安边防部队任职，在内蒙古边防总队总队长任上退休，武警少将警衔。退休后任全国公安文联创作室主任。长期公安边防工作的锤炼，使李炳天对这支部队满怀深厚的感情，他的作品多以边防部队生活为题材，有长篇小说《蓝色较量》、诗集《风花雪月长白山》等作品出版，散文诗《渴望陌生》一经发表即引起社会强烈反响，并获中国散文诗大奖赛一等奖。李炳天的作品正气浩然，激情充沛，具有军旅文学的突出特点。

龚桂华，男，广西人，曾任广西自治区桂林市叠彩公安局政委，并任广西壮族自治区作协副主席。龚桂华的创作与曹乃谦相似，以描写地域风情的小说见长，著有长篇小说《苦窑》《世情》《寒秋》《江船》等。龚桂华与曹乃谦，堪称公安作家中擅长风情描写的“南北双星”。

张卫华，男，北京人；张策，男，北京人。两人先后于20世纪70年代末、80年代初进入北京市公安局宣传部门工作，自1984年前后开始合作小说与报告文学。二人共同署名出版了报告文学集《爆炸事件》和《“弄潮儿”翻船记》、小说集《警察生活录》。1992年，张策单独发表了中篇小说《无悔追踪》，引起较强烈的反响，也标志着他在公安文学创作的思考上有了新的突破。用张策自己的话说：“从长久处说，信念就是信念，不会改变；从阶段意义上讲，信念在不同的阶段会有不同的认识层面和角度。在写这些东西时，我对警察这个职业带给从事这个职业的人独特感受很有兴趣，特别是它对人命运的巨大影响和改变，都是我所关注的。”“警察这种职业本身就是有很鲜明和很重要的历史延续性的。对于现代社会来说，任何时候都不可能没有警察。警察就是社会的一种黏合剂，把形同散沙的人们黏合到法律的范畴之内；警察又是社会的一种防腐剂，它消除一切不安定因素使社会的肌体保持洁净和健康。从事警察职业就意味着光荣而责任重大，然而每一个当警察的人又必须在规范别人之前先把自己更严格地规范起来。”从《无悔追踪》开始，张策有意识地把自己的创作与人类命运这个重大主题结合起来，从命运的角度不间断地探索着人民警察这个职业的历史奥秘。

电视剧《无悔追踪》，北京电视台 1995 年出品

以上，我们挂一漏万地列举了十二位在 1988 年至 1998 年十年间崭露头角的公安作家情况。在我们的目光所到之处，与他们一样，众多的公安作家也在不懈的努力之中，以势如破竹的态势不断取得优异的成绩。对于公安作家们来说，那是公安文学发展历史上第二个最好的时期。而相比 20 世纪五六十年代的第一个最好时期而言，这是属于公安队伍内部作家的真正的春天。他们终于可以乘改革开放的春风，尽情挥洒自己的才华，追求自己的理想了。他们也终于可以凭借自己的努力逐渐向集结成军的方向迈进，把公安文学的地位和影响向更高的目标推进了。在这十年中，公安文学始终沿着既定的方向而前进，每一个公安作家都在其中付出了自己的努力。

1992 年，在河南省开封市公安局长武和平的任上，开封市博物馆发生了重大文物盗窃案，史称“9·18”大案。此时的武和平，既是作家，更是公安局长。他率队侦破了这次大案，并在 1994 年成为电视剧《9・18 大案纪实》的男主角，走红全国。

电视剧《9・18 大案纪实》，中国国际电视总公司 1994 年出品

时任《西安公安报》主编的范晋川，在编辑出版报纸的同时，以短篇小说、微型小说而开始享有盛誉。《十字口来了个交通警》《女老板和小警察》都得到了良好的评价。出版有短篇幽默小说集《处理原子弹》。范晋川的小说精练而不动声色，被誉为“冷幽默”。而他后期的侦探小说更显示出成熟而冷峻的特色。

安徽省公安厅《警探》杂志编辑张成功的报告文学《苦海中的泅渡》于 1992 年在《啄木鸟》杂志发表。作品描写了一名解放军战士，毅然揭发自己杀夫弃子的母亲，为父伸冤的故事，对情与仇、爱与恨、罪与罚的矛盾有深刻的揭露。作品改编成电影后，影响更是巨大。

李动，男，上海人。自部队转业进入上海市公安局工作后，除短暂的基层工作经历，大部分时间都在从事《人民警察》的编辑组稿工作，在总编辑的任上退休。结合自己的本职工作，李动创作了大量的散文、报告文学作品，创作风格细腻、活泼，有浓郁的上海地域特色。

……

我们如果罗列这一时期公安作家的姓名，那将是很长的一份名单，是中国公安作家值得骄傲的第一方阵：谢先云、罗学知、林斌、徐雅雅、胡玥、艾群、张斌、卿晓晴、流波（刘敦波）、孙德平、范东峰、杨远新、张仕德、彭祖贻、苏铁、傅绪文、鲍尔吉·原野、蓝景林、毛诗奇、王佳铭、艾明波、刘庆玉……

“在公安文苑里，春色已经闪现。可以预言，到21世纪初，一个春光明媚、百花齐放的文艺春天必将到来，我们的公安文学同祖国的整体文学一样，前景一片光明。”①

第二节　从《公安文学丛书》说起

1989年年底，一个从北京师范大学毕业的优秀学生，走进了北京市公安局的大门。从此，北京市公安局政治部增加了一名青年民警。他叫衡晓帆，在中国诗歌界他有一个更响亮的名字：侯马。

青年诗人侯马的从警，仿佛是一个标志。就公安机关而言，新生力量的不断补充改变着队伍的年龄结构和文化结构。而从

---

① 高洞平、张子宏、于奎潮：《中国当代公安文学史稿》，群众出版社1993年版。

公安文学的角度说，侯马的出现是公安文学向文学更纯粹的深处和广处进发的象征。

我们在上一节中所列举的公安作家，大多在特殊时期内度过自己的学生时代，没有接受或很少接受到系统的文化教育。他们的成功，源于他们对文学的热爱和刻苦的努力，但文化知识的匮乏，特别是文学理论的缺失，使得他们的前进举步维艰，他们在文学创作上的探索很多时候是盲目的。而公安文学创作素材的丰富，也使得他们容易陷入故步自封的满足之中。有位公安作家就曾说过：我办过的案子，就够我写一辈子了。这种有意或无意的满足感，仿佛是一种杂音，与公安文学迅猛前行的脚步声相伴相随。

这个问题在客观上也影响了公安文学的整体发展。大多数公安作家的眼光往往都集中在小说和报告文学的创作上，较少关注如散文、诗歌、评论等对文学的纯粹性要求更高的文学样式。当时的公安散文作品量少而质低，“作品多流于肤浅，也多流于雷同。既有深刻的思想内涵，又有独特完美的艺术形式的作品如凤毛麟角，几难寻觅。”[①] 而诗歌创作，同样被认为“现状还不容乐观”。当然，对于不同文学样式的喜爱更多是个人兴趣的选择，但我们必须承认，当时公安作家们普遍的急功近利是公安散文、诗歌，特别是评论创作相对低迷的原因之一。公安文学在成长的同时，呈现出一种“跛脚鸭”的状态。

我们也承认，这个问题的成因是很复杂的。当时各级公安机关对于宣传工作的重视程度逐渐加大，对公安文学创作的要

---

① 高润平、张子宏、于奎潮：《中国当代公安文学史稿》，群众出版社 1993 年版。

求也越来越多，越来越强调宣传功能的重要。这样的大形势，也是对散文、诗歌、评论创作的一种无形的压制。

如果我们追寻侯马从当年至今的创作路径，就会发现他的诗歌创作与他所从事的公安工作始终保持了一定的距离，二者之间是冷静的思考与提炼。侯马的诗歌创作是纯粹的，是在诗歌的本真上孜孜不倦地有所追求的。我们不能仅仅从公安诗人的角度去看侯马，他的诗歌创作在中国诗歌界都是一个典范。而他对公安工作的极其深刻的观察与表述，是他成功的一个重要原因。

中国被称为“诗的国度”。而散文在中国也有着悠久的创作历史。在 1988 年至 1998 年的这一时期，中国诗歌和散文创作也都处在一个动荡变化的时期。曾几何时，“文化大革命”期间的所谓“地下诗歌”实际上标志着新时期诗歌的兴起，20 世纪 80 年代则以“朦胧诗”为主要标志出现了诗歌创作的新高潮。而随着改革开放的逐步深入，进入 20 世纪 90 年代之后，诗歌“总体上呈现无主潮的多元发展格局，个人化写作取代了公共化和群体化写作”[①]。新生代诗人海子的影响至今仍然深刻而隽永。而散文创作，也在改革开放大潮的推动，特别是思想解放的影响下，出现了许多脍炙人口的名篇名作，如巴金的《随想录》、余秋雨的《文化苦旅》、史铁生的《我与地坛》、张承志的《荒芜英雄路》等，开创了文化散文、思想散文的先河。与这样的文学大格局相较，公安诗歌、散文创作在这一阶段确实显得乏善可陈。

---

① 朱栋霖、吴义勤、朱晓进：《中国现代文学史》，北京大学出版社 2018 年第三版。

但是，并不是没有人在坚持，并不是没有人在努力。诗歌、散文所具有的独特文学魅力是不可抗拒的，有一批公安诗歌、散文作者一直在孤独和寂寞中默默地耕耘着。公安文学评论也在寂寞中悄悄地开始萌生出了嫩芽。1993 年年底，警官教育出版社推出一套《公安文学丛书》，第一次把目光聚焦到了公安诗歌和散文的创作成果上。坦白说，在当时的环境里，这套丛书的影响并不大，但随着历史长河的滚滚向前，公安诗歌和散文的地位不断提升，这套书的意义也渐显重要。

警官教育出版社是当时中国人民警官大学的附属出版部门。随着 1998 年中国人民警官大学与中国人民公安大学合并，警官教育出版社也不复存在。在它短暂的生存期中，为推动公安文学的发展做出了不懈的努力。这套《公安文学丛书》即是他们具有重要意义的成果之一。

这套《公安文学丛书》共十一册，计有诗歌集七部：杨锦的《漂泊》、谢先云的《穿越远山》和《谢先云诗选》、郑光明的《神奇的太阳》、孙友民的《月河边的鸽子》、杨桂森的《警察的天空》、洪辉的《警之魂》。散文集三部：胡玥的《为你独斟这杯月色》、红荔的《那个清晨下着雨》、半岛的《漂流》。评论集一部：高建平、夏玲的《菊花台笔记》。

无疑，这套《公安文学丛书》代表了当时公安诗歌、散文、评论创作的最高成就。

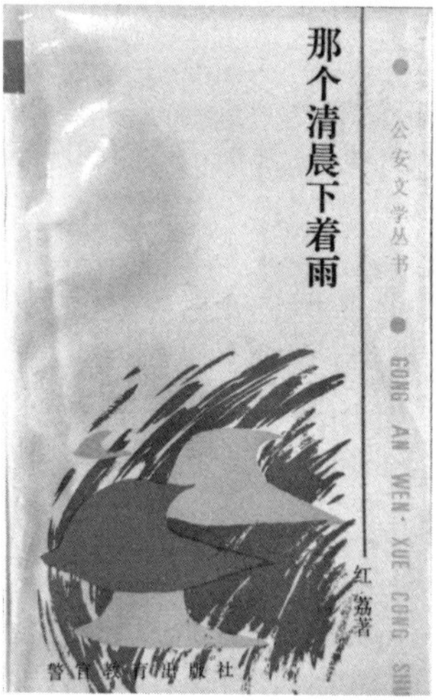

《公安文学丛书》之一，警官教育出版社 1994 年版

谢先云，男，四川人。曾在部队服役，1979 年调入群众出版社任编辑，担任过《啄木鸟》杂志的主编。他长期从事诗歌和散文诗创作，是公安系统资深的诗人。从他的《谢先云诗选》和散文诗集《穿越远山》中，我们可以读出一种委婉、清新的风格，显示出谢先云深厚的诗歌功力。

胡玥，女，河北人。曾在铁路公安系统和河北省石家庄市公安局工作，后调入《人民公安报》任编辑、记者。她的创作涉猎很广，诗歌、散文、小说、报告文学都有不俗的成就，曾获得全国“十佳女诗人”的殊荣。这部《为你独斟这杯月色》是她第一部散文集，以女性独特的视角和感受，回顾了自己的成长历程和心灵感悟，亲切而生动地告诉读者：“以你微观的心，体谅这纯粹的交融吧，体谅我今生前世所有的悲苦和期待。”

胡玥著《为你斟酌这杯月色》，警官教育出版社 1994 年版

杨锦，男，内蒙古人。自黑龙江大学中文系毕业后分配到《人民公安报》任编辑、记者，后长期从事公安宣传文化工作，曾先后在宣传局、群众出版社、金盾影视文化中心、全国公安文联任职，积累了丰富的公安宣传、公安文化领导经验。和侯马一样，杨锦也是在大学时代就成名的青年诗人，他在散文诗的创作上有突出的成就，曾担任中国散文诗学会理事。专家评论他的散文诗："从他众多的作品看，他的创新是沿着现实主义道路在深化的。而且明白无误地是追求题材、意境、感情、心绪的深化。"①

① 柯蓝：《意境开阔　情绪深远》，杨锦著《漂泊》，警官教育出版社 1994 年版。

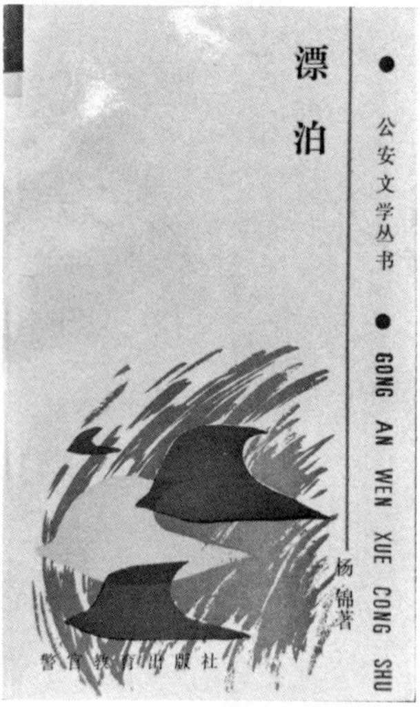

杨锦著《漂泊》，警官教育出版社 1994 年版

杨锦在担任《人民公安报》副刊部主任的时候，大力倡导和推动了每年一度的“三月诗会”活动，在《人民公安报·剑兰周刊》上发表了大量公安诗人的作品，并从中发现和培养了不少新诗人，在促进公安诗歌创作水平的整体提升上，有突出的贡献。

其他的几位作者，红荔（雷红丽，湖北省荆门市公安局）、洪辉（辽宁省东港市公安局）、杨桂森（江苏省盐城市公安局）、孙友民（河南省驻马店市公安处）、郑光明（湖北省武汉市公安局），都是在公安基层工作的普通民警。他们在有限的业余时间里孜孜不倦地追求文学梦想，他们的作品在当时也都达到了一定的高度，表达出他们对待文学、对待事业、对待人生的基本态度。正如红荔所说：“我把文学当作自己与这个世界联系的唯一方式，我希望通过我的文字来与周围的人交谈，来达到我与这个世界的默契。”

诗歌是一种用高度凝练的语言，形象表达作者丰富情感，集中反映社会生活并具有一定节奏和韵律的文学体裁，是一种抒情言志的文学体裁。古人对诗歌的理解和阐述，至今能够帮助我们加深对诗歌的理解。《毛诗·大序》记载：“诗者，志之所之也。在心为志，发言为诗。”南宋严羽在《沧浪诗话》中也说：“诗者，吟咏性情也。”在各类文学艺术种类中，诗歌是唯一一种用语言表达情感的艺术。

散文在中国，随着历史的推进有一个演变的过程。“散文”这个词句大概出现在北宋太平兴国时期。在《辞海》中我们查阅“散文”词条，是这样阐述的：“中国六朝以来，为区别韵文与骈文，把凡不押韵、不重排偶的散体文章（包括经传史书），统称散文。”后来，人们又将除诗歌以外的所有文学体裁都称为散文。随着时代的发展，散文的概念由广义渐渐转为狭义，并受到西方文化的影响而成为现代散文，一种行文自由、抒情与叙事并存的文学体裁。

诗歌与散文都重在抒情言志，都不看重故事在文字中的出现和作用（但散文还包括一定的甚至是重要的故事因素），也都不可否认地具有相当强烈的个人色彩。这样的文体，理所当然地不太被公安宣传主管部门所重视。即使是当时办得红红火火的各种公安法治报刊，也无非是把诗歌、散文作为一种点缀，零星地刊登在不太明显的位置上。但也正因为如此，公安诗歌、散文的创作，从一开始就显得更加纯粹，更加自然，更加贴近作者个人的心境和思想，从而保持了一种更本真的状态。不客气地讲，能够坚持诗歌、散文创作的人，都是在内心深处真正热爱文学的人。

因此，尽管当时评论界对公安诗歌和公安散文的状态不太看好，但在公安文学的视野里，诗歌、散文如同遍地自然生长的花草，仍然在蓬蓬勃勃地发展着。《公安文学丛书》的出版，是一次总结，也是一次检阅，更是一次对当时公安诗歌、散文创作的最好的肯定和鼓励。

特别要指出的是，这套丛书的编选十分认真，所入选的诗人和作家都是在当时公安文学创作队伍中取得了一定成绩，有着一定代表性的人物。当然，还有一些诗人和作家由于种种原因没有入选，但其成就同样值得我们关注，如孙刚（警官教育出版社）、任桂秋（中国刑事警察学院）、刘金山（山西省长治市公安局）、叶桢（浙江省公安厅）、万箭飞（江西省南昌市公安局）、毛诗奇（云南省公安厅）……都是当时比较知名的公安诗人和作家。他们的名字和成就，将被我们永远铭记。

直至今日，在有些人看来，诗歌、散文与公安工作仍然是风马牛不相及的事物，至少说是不太能够有密切关联的事物。但是，从一开始，公安诗人与公安散文作家们就自觉地在思考诗歌、散文在公安文化事业中的地位和作用问题，更明确地说，在思考诗歌、散文与公安工作、公安队伍建设的关系问题。这种思考，很自觉地转化为行动，公安诗人和公安散文作家们始终不渝地在自己的创作中探索着这个问题的答案。“诗坛上那种超离现实的新潮诗观，那种深潜入个人心灵隐秘而孤芳自赏的诗歌潮流，自然与公安诗歌不相合宜。”① “在公安题材诗歌中，见不到游戏之作，诗人们的创作都不悖于良知和社会责任感，诗人们很少为赋新诗强说愁，不是把诗仅仅作为炫耀才气的方式，更不是把诗作为宣泄个人一己狭窄感情的通道。”② 这样的评价，同样适合公安散文的创作。这种几乎是先天而成的责任意识，是所有公安作家区别于其他的最显著的标志。这种强烈的社会责任感，也许会使公安作家们在所谓“纯文学”的追逐上慢半拍，但却是我们的另一种骄傲。

如诗人洪辉的诗句所吟唱：“我站在经纬的交接处/站在现实和希望的交接处/缩小着现实与希望之间的距离。”

第三节　电视剧《西部警察》与电影《民警故事》

我们回顾和记录 1988 年至 1998 年十年间公安文学的繁荣与发展，当然不能忽略公安文学在时代洪流的冲击下所发生的种种或巨大或微小的变化。这种变化有时是自觉的，有时是不自觉的，甚至有时是被迫的。改革开放的逐步进入，是 20 世纪 90 年代的主题，坚持与突破，前进与后退，弘扬与摒弃，一幕幕的话剧，都在那一个年代激烈地上演着。

在洪流中的中国文化界，有一个变化是从这个年代而兴起，并迅速成为一种潮流，或可称之为一种文化现象的，那就是随着物质的丰富和科技的进步，影视文化逐渐占据了中国文化的

① 高洞平、张子宏、于奎潮：《中国当代公安文学史稿》，群众出版社 1993 年版。
② 同上。

制高点，成为丰富人们精神生活，填充人们业余时间的主要知识来源和文化享受。而且，随着市场经济的成熟，影视创作的文化含量变得越来越复杂，金钱的味道开始浓重起来。

“20 世纪 80 年代末 90 年代初，社会在酝酿转型。政府开始将发展经济定位为国民生产的主要任务与目标。市场与计划没有矛盾，成了上下比较一致的共识。在这个环境与背景下，市场经济迅速兴起，电影创作、生产、观念和电影发行机制改革成为人们愈趋热衷和较多付诸实践、探索的中心。1991 年生产的 130 部电影中，有 72 部是娱乐片。娱乐、商业电影越来越多地浮出水面。”① 而“从 1984 年到 1989 年的五年期间，电视剧的创作进入到了一个崭新的阶段”②。其实，和电影相比较，中国电视剧的发展受客观条件的制约，一直比较缓慢，直到 1982 年，中国的银屏上才有了第一部电视连续剧《敌营十八年》（20 世纪五六十年代曾有所尝试，但因技术的限制，不能称之为真正意义上的电视剧）。但进入 90 年代以后，电视剧与电视机的普及同步快速增长，使其迅速成为大众喜闻乐见的艺术形式。

这样的社会变化，不能不影响到公安文学的发展。

笔者曾经讲过，中国公安文学的肇始就是以电影的形式展现于观众面前的。优秀的公安题材电影作品，始终是对中国民众影响最巨大、最为大家津津乐道的文化产品。20 世纪 70 年代后期，当文化的沉寂被打破之后，公安题材影片也丝毫不落后地出现在了银幕上，继续了早期公安题材电影的辉煌，也涌现

---

① 丁亚平：《中国电影通史》，中国电影出版社 2016 年版。

② 刘萍、李灵：《中国电视剧》，湖北美术出版社 2005 年版。

了一批脍炙人口的优秀作品。但是，我们也注意到，这一时期的公安题材影片在形式和内容上多比较传统，传达出的政治意义往往大于其他，很多作品更像是20世纪五六十年代作品的惯性发展之作。而随着时代的向前推进，电影市场的逐步形成，国外影视创作的经验，特别是美国好莱坞创作模式涌进中国，人们的欣赏水准和观念都发生了巨大变化，公安题材电影也开始了新的摸索。同时，电视剧的繁荣也给公安作家们带来了新的机遇和挑战，影和视，从此共同成为公安作家们新的突破点。凡相对创作比较成熟的公安作家，几乎没有不在当时尝试进行影视创作的。例如，魏人、海岩、张卫华、张策当时就曾联手创作了电视剧《警察本色》，张成功也创作了电视剧《刑警本色》。还有的人，如王仲刚，更是一上手就勇敢地杀入了影视市场，并取得了不俗的成绩。对影视创作规律的研究与探索，开始成为摆在每一个公安作家面前的新课题。

1993年11月，一个题为“1993公安题材影视研讨会”的会议在北京召开。会议规模不大，出席的人也不多，更为特殊的是，这个会议不是由任何宣传文化部门召开的，而是由一个电视工作者个人召集起来的。这个人就是公安部金盾影视文化中心的创始人之一，金锡光。

金锡光，男，吉林延边人，朝鲜族。他曾长期在部队文艺团体工作，转业后进入湖北武汉电视台，凭借他的才华和努力，迅速成为知名的电视制片人，曾获得全国十佳制片人称号。在长期的电视制作工作中，有着强烈军旅情结的金锡光渐渐对公安题材影视创作产生了浓厚的兴趣和深刻的认识，立志要把公安题材影视创作作为自己的主攻方向。他提出的建立公安系统影视拍摄单位的建议，与时任公安部领导的想法不谋而合，特别是时任公安部政治部副主任的祝春林同志，给予了他极大的鼓励和支持。就在这样的背景下，金锡光组织召集了这次会议，出席会议的有公安部宣传部门、中央电视台、山东电视台、湖北武汉电视台等单位的代表。会议形成的会议纪要，正式提出应建立公安部金盾影视文化中心，组织创作拍摄公安题材影视剧，抢占影视创作的高地。会议纪要报送公安部后，很快得到了领导的批示，并组成了由公安部宣传部副部长阎世颖、公安部宣传部文艺处处长施建中和金锡光组成的筹备班子，在完全白手起家的情况下，正式组建了公安部金盾影视文化中心。

中心成立之后，即紧锣密鼓地开始了电视剧《西部警察》的策划与创作。当时还在山东工作的著名编剧张宏森，受命担任这部电视剧的编剧。

据传闻，当时金盾影视文化中心给了张宏森两个深入生活的选择，广东深圳，或者西部的甘肃。经过慎重考虑，张宏森选择了西部。他认为，深圳虽然是改革开放的前沿，但中国警察精神的核心内涵，恐怕还是会在艰苦的环境中表现得更为充分，更能撼动人心。他的采访过程也是艰苦的，不住宾馆饭店，而是深入到甘肃省公安机关的基层刑侦部门，和刑警们一同摸爬滚打，体验他们的苦与乐、生与死。采访结束后，被深深感动的他很快就写出了十七集电视连续剧本《西部警察》。1995 年，《西部警察》由金盾影视文化中心、中央电视台影视部、武汉电视艺术中心联合摄制并播出，在社会上引起广泛好评，轰动一时。

中国西部粗犷而壮丽的风光，西部警察的无私奉献和忠诚坚守，都深深打动和影响了广大观众。这部剧获得了第十六届电视剧“飞天奖”的长篇二等奖、优秀导演奖、优秀摄影奖。

电视剧《西部警察》，金盾影视文化中心 1995 年出品

《西部警察》讲述了一支西部城市刑警队的故事。这支刑警队在新的历史机遇面前也面临着新的挑战。刑事案件频发，社会现实日趋复杂，自然环境恶劣，经济拮据、警力不足，种种烦恼困扰着这支队伍。“该剧的突出特点就是它敢于面对尖锐的现实矛盾，展现刑警们的真实战斗生活。西部警察一向被人们称为‘特别能战斗的队伍’。在广袤荒远的西部，大西北艰苦的自然条件，纷纭复杂的社会现象，形形色色的刑事案件，使他们的战斗生活紧张而残酷。但是，作为一个个体的人，他们都具有普通人的情感，他们的日常生活充满了普通人生的悲欢和情趣，富有人情味。电视剧把这两方面紧密结合，通过每个刑警在生活中的不同遭遇，表现了他们正直的品格，对祖国和人民的奉献精神。”①

对于刚刚成立的金盾影视文化中心而言，《西部警察》无疑是一个开门红，为中心的发展打下了一个良好基础。而对公安文学事业来说，《西部警察》是一个重要的信号，它标志了公安题材影视创作在新时代的重要转折，编导者的视角不再仅仅关注着事件本身，而自觉地转向了关注在事件之中的人物和人物的境遇与性格。警察在影视作品中不再是简单的破案工具，而是有了血和肉、灵和魂的活生生的人。而我们要特别强调的是，这个人或这些人的特征符号是警察，他不是任何社会人的概念，而是有着只有警察才有的思维方式、性格特点、行事风格、命运境遇的“警察人”。

在《西部警察》之前，这样的思考已经在一些公安作家的作品中有所体现，但《西部警察》第一次把这样的思考比较完美地还原成了生动的银幕形象。在1988年到1998年公安文学阔步向前的这个阶段里，《西部警察》在影视创作上释放出了重要的信号。

几乎与《西部警察》同步，电影《民警故事》上映。

评论界对于《西部警察》的某些评论，几乎可以完全照搬来评价《民警故事》。只不过这个由女导演宁瀛讲述的北京派出所的故事，在忠实还原生活形态上走得更远，以至于她挑选了从没有过表演经验的北京市公安局崇文分局民警李占河来扮演影片中的男主角。宁瀛对李占河说：“你在生活里是什么样，你

① 刘萍、李灵：《中国电视剧》，湖北美术出版社2005年版。

就照什么样去演。”

1983年，著名作家陈建功到北京市公安局体验生活，创作出了中篇小说《前科》。受这篇描写派出所工作生活的小说启发，宁瀛有了创作《民警故事》的冲动。宁瀛，女，陕西人。在北京电影学院毕业后曾到意大利、美国进修电影专业，师从著名导演贝纳尔多·贝托鲁齐，并在其执导的影片《末代皇帝》中担任副导演。凭借《民警故事》，宁瀛入围第十六届中国电影“金鸡奖”最佳导演奖。《民警故事》获第四届北京大学生电影节最佳影片奖。在国际上，《民警故事》更是大放异彩，先后获得圣塞巴斯蒂安国际电影节国际影评人奖、意大利都灵国际电影节最佳影片奖、法国南特三大洲电影节银球奖、法国贝尔福电影节最佳影片奖、印度国际电影节银孔雀奖、新加坡国际电影节最佳亚洲电影奖、瑞士弗里波格国际电影节最佳影片奖。最值得一提的是，李占河凭借《民警故事》的表演获得了新加坡国际电影节最佳男主角奖。宁瀛用一部电影，把中国警察的形象第一次带到了世界。

宁瀛的导演理念深受意大利“新现实主义”影片的影响。她自己说：“并不是在使用非专业演员、实景拍摄上和意大利新现实主义相似，这些相似是无足轻重的相似，而重要的是对现实的一种态度。”宁瀛的作品，一向有自己鲜明的个人风格，她在《民警故事》中围绕北京城区一个普通派出所的日常工作场景，全面还原了派出所民警的生活状态，并在这些看上去平淡、琐碎的故事中，展现了民警的丰富内心世界，真实表现了他们的快乐和痛苦，困扰和忧虑。宁瀛的电影语言里没有豪言壮语，但却充满了真实的力量，把人民警察那种忠于职守、无私奉献的精神表现得淋漓尽致，韵味无穷。

与《西部警察》相比，《民警故事》所要传达的精神内涵和前者其实是一致的，但电影就是电影，电影所遵循的艺术规律和表现手法与电视剧有很大的不同。宁瀛的个人风格和叙事方式在当时引起了很大争议，甚至有人说《民警故事》是在给警察形象抹黑。但随着时间的推移，我们今天不能不为宁瀛导演的艺术创作所折服。她在2014年拍摄的公安题材电影《警察日记》，再次获得殊荣，主演王景春凭借公安英模郝万忠的形象获得东京国际电影节最佳男主角。当年的《民警故事》和《西部警察》，共同为1995年的公安影视增添了炫目的光彩，也给我们提供了很多有益的经验。在坚持中国警察的核心价值体系的前提下，两部影视剧真正把警察从符号式的人物还原回了普通人的状态，这就极大地增加了人物的感情色彩和命运的诡异性、多变性，使得人物形象从单一的变为复杂的，从直线的变为曲折的，从干瘪的变为丰满的，从空中飘浮的“高大全”彻底回到了坚实的土地上。

其实在之前的一些公安题材影片中，如魏人的《龙年警官》，已经开始表现出编导在人性化问题上的思考。这种思考是可贵的，但在初期仍然显得不够深刻，在思考指导下的艺术探索，更是显得比较肤浅和盲目。从1978年改革开放之初，公安题材影片每年都占据了中国电影拍摄数量的高百分比，总在20%左右徘徊。1988年至1998年的十年间，公安题材影视创作更是呈现快速发展的大好形势。在这样的高速发展中，影片质量泥沙俱下，鱼龙混杂，思考和实践就显得尤其珍贵。

影视创作类型化的艺术规律和原则，也在此时开始渗透进中国影视人的头脑，引起了人们的思考和探索。传统如何继承？新的理念怎样接受？都在这一时期的影视创作中看得出思考的轨迹。应该说，宁瀛的《民警故事》也在类型化与中国公安题材的有机结合上做出了非常有益而且成功的尝试，为之后公安题材影视的创作留下了宝贵的经验。

所谓类型化，也是随着改革开放的逐渐深入而进入我们视野的词句。时至今日，一提起类型化，中国编导和观众首先想到的是公安题材，想到国外以“警匪片”命名的这一类题材。有专家认为：“新时期中国学界对警察影像/警匪片的类型研究大致经历了三个阶段：对美国警匪片类型研究的译介和对美国警匪片的评述；从类型电影的视角对警匪片的类型阐释；从电影或电视剧的视角研究中国警匪片或公安剧的类型特征。在当代中国，从言说‘警匪片’到关注‘公安剧’，这一过程显示的是中国警匪片类型研究的深化，也是新时期中国警察影像创作重心的位移，从普适性走向中国特色。”① 而宁瀛的《民警故事》，无疑在这方面是成功的。

其实在《民警故事》之前，有一部电视剧也堪称类型化的典范，那就是在1994年播出的《9·18大案纪实》。此剧在之后引发的一股“纪实”浪潮，至今仍然可以让我们吸取很多经验和教训。

《9·18大案纪实》的导演陈胜利，创造性使用了真实记录

① 彭耀春：《中国电影理论与公安影视传播》，中国社会科学出版社2015年版。

案件侦破过程的艺术手法，使警匪之间的较量真实而鲜活地呈现在了银屏上。和宁瀛不谋而合的是，他也大量地选用了非专业演员，而且更进一步地让这些演员扮演剧中的自己，如时任河南省开封市副市长兼公安局长的武和平，就在剧中扮演了自己的角色，完全再现了他指挥案件侦破的工作过程。这种高度纪实（甚至有时为了表现出真实而采取某种“伪纪实”手法）的艺术表现，有着强大的真实冲击力，给观众以强烈的震撼，一时间轰动全国。由于成功塑造了银屏上的武和平，真实生活里的武和平也由此成了“明星”。

随后的若干年里，这种纪实风潮愈演愈烈，一连串的纪实侦破电视剧被搬上屏幕。案件的选择越来越惨烈，真实再现的程度也越来越突破底线，甚至出现了渲染血腥暴力、暴露侦查手段等问题。观众开始厌倦，也开始警醒，负面反响越来越多，以至国家管理部门最终叫停了纪实风格电视剧的拍摄，让这种类型永远消失在了屏幕上。

但不管怎么说，《9·18大案纪实》的试验性仍然是值得肯定的，特别是它在忠实于真实事件的前提下，始终坚持表现并歌颂了人民警察不屈不挠的精神，而对犯罪行为进行了无情的鞭挞。这种是非分明的观点，远比后来某些所谓纪实作品要高明得多。而中国影视人在公安题材影视创作上的探索和努力，也为公安文学事业积累下宝贵的财富。

1988年至1998年的十年间，可以说是公安题材影视创作的丰收年份。应该指出的是，这一时期，电影的创作对于市场更加敏感，越来越多的公安题材影片里开始出现商业化运作的影子。这样的变化在当时大多是无奈的，如王仲刚初期一部作品，就被冠以相当世俗的《风流警察亡命匪》的片名，以招徕观众。在这样的大形势下，公安题材电影的创作也产生了一种迷茫和徘徊。甚至连著名导演高群书后来都这样回忆："20 世纪 80 年代中期警匪类型电影在内地发展很好，后来江河日下，转而由电视剧来承担这样一种责任。"而电视剧，由于传播渠道的不同，当时受市场的影响还不明显，因此，生产出了一批在价值观上和艺术上都很扎实的作品。这里有在 1995 年播出的根据张策同名小说改编的电视剧《无悔追踪》(史建全)，有 1996 年播出的电视剧《英雄无悔》(章小龙、马卫军)，有 1997 年播出的电视剧《金盾面对诱惑》(李宏林)，以及向中华人民共和国成立三十五周年献礼的电视剧《警察世家》(魏人、张卫华、张策）等。可以说，公安题材电视剧在这一阶段更多的还是沿着传统的道路踏踏实实地前行，而且成绩斐然。

要特别提及的是，公安部金盾影视中心在这一阶段组织拍摄了几部优秀公安题材纪录片：反映禁毒斗争的《中华之剑》、全面反映公安工作的《忠诚的道路》和反映打击走私犯罪的《中华之门》等等。应该承认，至今公安题材纪录片仍然没有突破当年这几部片子的水平，甚至有所退步，鲜见当年的锋芒和风采。这之中的原因很复杂，而且纪录片脚本是否属于文学作品范畴，理论界也曾有过争论而无结果。但我们实在应该记住这几部忠实反映了惊心动魄的公安斗争的优秀纪录片，它们在公安宣传工作中的功绩，值得我们永远铭记。

第四节　公安文学活动的重要作用

“新中国成立以来，在公安机关和全社会的关心支持下，经过众多作家的共同努力，公安文学创作已经取得可观实绩，但不少作品思想艺术水平还不很高。公安文学如何进一步提高创作质量，多出精品，是我们必须面对认真思考的问题。对此，需要采取富有创造性的举措，多做些倡导、鼓励、促进创作的有力的工作。”①

在势如破竹地向前奋进的公安文学大军里，总是有一些有识之士，对公安文学的发展前景进行着深入的具有前瞻性的思考，并提出一些建设性的意见和建议并努力付诸实施，甚至为此大声疾呼。特别是1988年至1998年的十年间，公安文学的发展整体向好，公安文学越来越显示出它的旺盛活力与重要性。同时，也就越来越受到各方面的重视。重视的标志之一，就是热心于公安文学事业的人士日渐增多；重视的标志之二是当时各种公安文学活动的增多和其组织程序的日益完善，开展的形式也越来越多样。从某种意义上说，文学活动的繁荣，也是各方面重视并且关注的结果。这些文学活动，旨在倡导、鼓励和促进公安文学的发展进步，在公安文学的成长期中也确实起到了重要的推动作用，产生的效果甚至影响至今。

我们所谓的公安文学活动，指的是围绕公安文学创作与提高，所开展的评奖、研讨、征文、竞赛、培训等活动。公安文

---

① 杜元明：《繁荣发展公安文学的一项创举》，《警方》1996年第5期。

学活动主要由几方面组织：一是公安宣传的各级行政主管部门。例如，由公安部宣传局设立的金盾文化工程奖，是全国公安系统的最高文化奖项，其中包括了文学奖、图书奖、艺术奖、影视奖等多项内容。二是公安新闻文艺机构，特别是在当时非常活跃的各地公安法制刊物。它们组织的文学活动虽然不是全国性的，但形式多样，生动活泼，更接地气。三是公安教育部门。例如，中国人民警官大学曾成功举办过两期公安作家研修班，培养了一批公安文学创作骨干。四是一些热心于公安文学事业的社团组织和人士。它们在这一方面所做的大量工作，也是卓有成效的。例如，中国通俗文艺研究会下属的法治文艺委员会(2005 年更名成立北京侦探推理文艺协会)，在主要创办者和组织者于洪笙的带领下，长期热衷于对法治文学创作的研究和推广，曾在相关文学活动组织中发挥出重要作用。

于洪笙，女，河北人，曾在河北某中学任教，后调入中国人民警官大学中文系，任副教授。她在公安法治文学，特别是侦探推理文学的理论研究和创作推广上，做出了卓越的贡献，是这一研究领域的奠基人。

我们将 1988 年至 1998 年的十年称为公安文学的成长期。成长是需要呵护，需要扶植，需要鼓励和引领的。文学创作其实从来不仅仅是作家闭门造车的过程，具有强烈集体主义意识的公安文学就更不是。公安文学的政治属性和组织属性，决定了公安文学和社会的紧密联系。这种联系不单单是指在创作目的上的端正与创作对象上的指向，也包括在创作过程中的一系列相关环节，包括围绕创作所举办的一系列活动和在活动中所体现的关心、鼓励、沟通、引导、纠正和规范。这样的文学活动，是公安文学发展过程中的一种必要因素，特别是在公安文学的成长期里，它的重要性更显突出。

其实早在“文化大革命”前，公安文学活动也时有开展，但那时的活动规模很小，形式也比较简单，基本上以邀请著名作家走进公安机关采访创作为主，主要目的是宣传，并且以公安部相关部门安排为主。这种方式一直延续至今，依然对公安文学创作水平的提升和精品力作的推出发挥着作用。20 世纪 50 年代，著名作家茅盾、老舍等人就曾应公安部部长罗瑞卿亲自邀请，到公安机关采访创作。1955 年，老舍创作出了以真实案件为原型的话剧《西望长安》。1958 年，老舍又在采访北京市公安机关为人民服务的事例后，创作了话剧《全家福》。在公安部的示范作用下，各地公安机关也热情邀请和接纳作家到公安机关体验生活，采访创作，曾推出了一批优秀的公安文学作品。在公安机关内部作家队伍尚不成熟的情况下，这种单纯的邀请社会作家进警营的文学活动方式，确实使公安文学的发展始终处于一种较高水平的健康状态上。而且，进入新时期以来，这种优良文化传统被继承，在各级公安机关的重视下，社会作家陆续走进警营，了解公安，亲近公安，许多作家由此成为“警察之友”，成为热情讴歌公安精神的歌者。直至 2018 年，著名作家李迪还应广东省深圳市公安机关邀请，为纪念改革开放 40 周年，到深圳采访创作完成了长篇报告文学《英雄时代》。

在 1988 年至 1998 年的十年间，公安文学活动的内容与形式逐渐丰富起来，这当然是公安文学成长乃至逐步成熟的结果。

特别是公安机关内部作家的陆续加入，使活动的意义有了新的内涵。

1995年的第7期《警方》杂志，开始刊载系列侦破小说《积案组》。这个系列先后连载了两年多的时间，共有二十六位警营内外的作家创作的二十六篇短篇小说发表。在当时众多的公安文学活动中，这次创作活动格外引人注目，因为它蕴含着一些新的信息。

首先，它体现出所谓公安法治刊物在文学追求上的一种自觉。公安法治刊物在走过十几个年头之后，无时无刻不在寻找自己的突破之路。提高自身的文学水平，逐渐由简单的、粗糙的、表面化的纪实风格向更纯正的文学状态过渡，是大家心照不宣的共识。其次，它体现出公安作家的成长和进步，逐渐与优秀的社会作家比肩，甚至有所超越，是公安作家们的梦想，也是大家努力的目标和方向。这个愿望，在当时来说正在一步步的实现中。最后，它体现出有意识地将社会作家与公安作家融合、将公安文学与社会相融合的理念。《警方》在推出《积案组》系列之前的“文学广告”中就明确说明这个系列写作活动的目的是：“为了繁荣警察文化，更好地反映今日警察的风采，同时也为了加强作家与警方的联系，促进广大作家对警察生活的关注。”

由此可见，与由公安部设立金盾文学奖的初衷不同，《积案组》创作设想的出台与实施，不具备在全国打造公安文学高地与标杆的野心，甚至作为江苏省公安厅主办的刊物，《警方》只希望能在全国同类刊物中标新立异，打出自己的文学品牌。这种希望，包含着上述的各种因素，客观上也反映了公安文学在当时的总体追求。《积案组》的成功，不仅仅在于收获了二十六篇优秀的侦探小说，更在于对于公安文学更多可能性的探索和试验。公安文学的进步，就是在这样一点一滴的努力中逐渐成为现实的。

《警方》杂志社编《积案组》，群众出版社 1998 年版

作为一种尝试，《警方》首批只邀请了十三位江苏籍的知名作家参与活动。在收到良好反响之后，将邀请的范围扩大到全国，最终发表的作品是二十六篇。值得一提的是，公安作家魏人、张策也受邀参与了此次活动，拿出了自己的作品，体现了公安作家与社会作家的某种结合。

《警方》为《积案组》精心设计了一个故事背景：刑侦处处长老顾面临退休，而在自己几十年的刑侦生涯中那些未能侦破的积案却让他有着深深的遗憾。为此，他决定组建一个新探组，专门负责积案的侦破。三名刑警应聘上岗，他们是有点毛手毛脚的中年刑警大马、稳重的老刑警老马和刚刚从刑警学院毕业的女技术员小马。这个被人们称为“三驾马车”的新探组，就此开始了他们艰难曲折的侦破工作。叶兆言、黄蓓佳、苏童、范小青……一批优秀的江苏籍作家首先“介入”到这个探组的工作生活，以“接龙”的方式创作出一批内容丰富、故事曲折的短篇侦破小说。之后，来自全国各地的一批优秀作家陆续加入，刘恒、刘醒龙、钟源、陈应松、魏人、张策……清晰而吸引人的故事设定，完全自由的创作条件，使作家们的灵感得以充分调动发挥，个人的文学风格在作品中得以完美地展现。

当时的评论界对《积案组》的成功给予了很高的评价。杜元明先生从欢迎社会作家走进警营的角度出发，认为：“我们公安战线是有团结和延揽作家、艺术家的优良传统的。江苏《警方》既继承了这个传统，又有自己的独创……其对公安文学繁荣发展起到的有力推动作用和所做贡献，必将载入史册，功不可没。”时任公安部报刊图书出版社社长的武和平则强调了警营与社会互动的重要性：“使警察走向社会，作家走入警方。《警方》此举，对警营与公安文化的接轨，做了一件善莫大焉的好事，我举双手赞成。”而著名文学评论家曾镇南更看重的是这一批作品的文学价值。他认为“这一系列侦破小说的策划和构思是颇有新意的，它对于繁荣公安文学创作，提高我国当代侦破小说的艺术水平，无疑会产生积极的影响”。

《警方》这次成功的尝试，其实仅仅是当时公安法治期刊组织的各种文学活动的一个代表、一个缩影。在 1988 年至 1998 年的十年间，公安法治期刊在公安文学事业中是最活跃，也最具号召力的存在。他们举办的多种文学活动，如创作笔会、专题征文、同题写作、作品评奖等等，使当时的公安文学整体呈现着一种生机勃勃的状态，为公安文学的发展注入了强大的推动力。

而 1996 年至 1998 年，由公安部报刊图书出版社与中国通俗文艺研究会法制文艺委员会主办，由全国近三十家报纸、期刊、出版社（主要是各地公安法制期刊）协办的第一届全国侦探小说大赛的成功举办，为 90 年代公安文学的发展画上了一个圆满的阶段性句号。

在这次盛大的文学活动中，社会组织的出现是一个新生事物。它体现了公安文学的开放，也标志着一个新的发展阶段的到来。

中国通俗文艺研究会，是由中国文学艺术界联合会主管，民政部登记的全国性学术团体，是国家一级社团。法治文艺委员会是归属于中国通俗文艺研究会的群众性组织，由于洪笙倡议组织，首任会长为著名公安作家李文达先生。第二任会长为时任公安部党委委员、政治部主任的孙明山同志。首届全国侦探小说大赛，是法治文艺委员会时期主办的最大也最成功的一次文学活动。

大赛评委会用两年的时间，对自 1949 年新中国成立以来的中国侦探小说作品进行了梳理，共评出佳作奖 41 部、翻译奖 16 部、新作奖 19 部。大赛颁奖典礼于 1998 年 11 月 8 日在北京人民大会堂隆重举行，时任公安部党委委员、副部长蒋先进同志出席了颁奖典礼。

首届全国侦探小说大赛的功绩，在于第一次将侦探小说作为一种独立的文学形态提倡并大力宣传开来，使一直受读者欢迎却得不到业内承认的侦探小说以全新的姿态出现在了全社会特别是文学界的面前，展现了侦探小说独特的文学魅力。大赛没能完成的任务，是没有在理论上对公安文学与侦探小说的不同特质进行区别与界定，使这个问题至今仍然存在着模糊的认识，在一定程度上影响着二者的发展。

笔者以为，侦探小说和公安题材小说是两个可以交叉、相融的文学概念，你中有我，我中有你。特别是在社会主义制度下的中国，因侦查办案的主体是人民警察，侦探小说可以因此视为公安文学中相对独立的组成部分。但侦探小说在文体构架、人物塑造、语言和环境的渲染等方面，都有着自己独特的艺术风格和由此而产生的独特艺术魅力。从创作者的角度而言，可以在创作公安题材小说时较多地借鉴和使用侦探小说的笔法，但心里应该清楚二者之间的区别所在。从评论和颁奖组织的角度而言，更应该有比较明确的界定。

近年来，侦探小说在主体的设计上有所突破，更多地借鉴了西方侦探小说的一些创作角度，非公安人员（如私家侦探）成为作品的主角。这种现象大多出现在网络文学之中，其中也涌现了一些不错的作品。但这也可能随之带来一些法律方面的问题，是值得创作者注意的。

文学活动的真正意义，还是在于推动文学的繁荣发展，这是一个需不懈努力的长远目标。回眸 1988 年至 1998 年的公安文学发展历程，我们不得不承认，在当时遍地开花的公安文学活动中，也存在着一些不和谐的声音。由于公安法治期刊的数量偏多，刊物之间争夺作者、争夺稿件的现象愈演愈烈，一些在这种情况下由刊物组织的文学活动，不可避免地出现了“为稿件而组织”的现象。这就使得一些文学活动显现出眼界狭窄、急功近利，甚至利益诱惑的问题。

这并不是公安法治期刊独有的问题，而是当时文学界特别是期刊界存在的比较普遍的现象。市场经济的发展，势必影响到一向被视为净土的文坛，20 世纪 90 年代后期，大多数文学刊物开始走向市场，谋求自身生存和发展。向来除了看稿子不闻窗外事的主编们，开始为生存而发愁，而找不到方向。一些凭借所谓“社会趣闻”而起家的刊物，那种财大气粗的状态更是影响、诱惑、动摇着文学的根基。文学活动的内容开始不再单纯，而是有了复杂的甜酸苦辣。

1988 年至 1998 年，中国文学就在这样的阵痛中成长。而公安文学的成长进步，无疑是这一时期的亮点。

第五节　公安文学的阶段性总结

1993 年，一部重要的公安文学著作由群众出版社出版。这部著作的意义，在当时看来并不特别引人注目，而随着时间的推移，它珍贵的历史意义和现实意义逐渐得以彰显。

这便是由高涧平、张子宏、于奎潮创作的《中国当代公安文学史稿》。这是公安文学自 1949 年诞生以来的第一部公安文学史稿，因此，它在中国文学史上的重要地位不可撼动。

高涧平、张子宏、于奎潮著《中国当代公安文学史稿》，群众出版社 1993 年版

关于中国公安文学史的编撰，是历代公安文学工作者的梦想。但是，公安文学的发展过程，使得公安文学史的编撰工作条件在“文化大革命”前和“文化大革命”后的一段时间里，始终不够成熟。创作理论的匮乏，创作队伍的松散、弱小，创作沿革的断断续续，坦白说，都使公安文学的创作历史整体上显得不够完整。但是，从另外一个角度说，随着时间的推移，早期公安文学创作的资料在慢慢消失，甚至作家们也在渐渐老去，为公安文学事业留下宝贵的历史资料，也越来越成为当代公安文学工作者的责任。有幸的是，在公安文学逐渐繁荣发展的重要时刻，高涧平、张子宏和于奎潮三位青年文学爱好者勇敢地承担起了这一光荣的重任。

该书作者之一高涧平在回忆该书的创作过程时说：“这年

(1989 年）夏天我和李文达、张子宏合作编撰的《中国当代公安文学作品选（1949—1989）》经过两次修改终于定稿并交付出版社，我在编撰此书的过程中对中国当代公安文学研究作了一个通盘的考虑，到这时候感觉想法有些成熟了，于是在南京滴水成冰、寒夜难熬的时节，我利用整整一个星期的夜晚时间，正式拟出了‘中国当代公安文学研究’这一课题的数万字的研究计划，报给公安部政治部宣传部。这个计划包括了研究目的、课题意义、研究阶段、成果形式以及分项研究的细目。分项研究主要包括三个方面：

“一、作品研究　成果形式《中国当代公安文学作品选（1949—1989）》

“二、作家研究　成果形式《公安文学 40 家论稿》

“三、文学史研究　成果形式《中国当代公安文学史稿》

“当时第一项工作已经完成；第二项我根据自己占有的大量资料列出了 40 位入选作家和 10 位备选作家，并根据 40 位作家的创作特点确定了 40 篇论稿的正副标题和论述重点；第三项我则写出了一个很粗的研究提纲。

“公安部政治部宣传部文艺处的负责同志在一周后即慎重地复函，指出可以考虑先撰写《中国当代公安文学史稿》，不要全面铺开研究课题，要集中精力等。并提出，从速报送《中国当代公安文学史稿》的详细提纲，以供有关领导和专家论证是否可行。于是我马不停蹄，夜以继日，写成并寄出了一个 2 万余字的论纲。1990 年 2 月中旬，这位负责同志再次致书，正式委托我撰写此书，并希望年底写出初稿，以供讨论。

“考虑到此书工程浩大，时间紧迫，尤其是资料的搜集工作面广量大，加之我和张子宏同志曾经合作过前述《中国当代公安文学作品选》一书，彼此配合默契，情谊深笃，于是我决定邀请他与我合作，携手奋斗。张子宏兄收到我的邀请信和《目录》后，于1990年4月来到南京，对由我起草的《目录》进行了讨论，并对撰写工作作了初步的分工。在《中国当代公安文学史稿》的撰写过程中，我仍然注意着公安文坛的最新动态，不时写些短小的评论，其间与我的同事、青年诗人于奎潮合作了两篇评论，其中一篇还获了《文艺报》的奖，奎潮由此对公安文学研究产生了兴趣。为了进一步加快《中国当代公安文学史稿》的写作，我向文学理论功底颇好的于奎潮同志发出了邀请，并向他提供了有关公安诗歌、散文及‘文化大革命’那一段的部分资料，奎潮欣然于1990年9月加盟。经过一年半的时间，我们三人精心合作，披肝沥胆，大量搜集资料，广泛联系作家，深入研究作品，多次在一起研究讨论，并分头撰写，终于在1991年7月完成了50余万字的初稿，送交公安部政治部宣传部。”

高涧平，男，江苏人。20世纪80年代初大学毕业，进入江苏警察学院工作，后曾赴日本从事文学研究。他是第一个潜心致力于公安文学研究与评论的公安作家。在撰写《中国当代公安文学史稿》之前，他已有《审美的理性与激情》与《菊花台笔记》（与夏玲合作，收入警官教育出版社《公安文学丛书》）出版。其中《审美的理性与激情》是第一部有关公安文学的评论专著。

张子宏，男，山东人。大学毕业后进入山东警官学院工作。后因病去世。于奎潮，男，江苏人。诗人。大学毕业后进入江苏警察学院工作，后调出公安机关，在出版界工作至今，成为优秀的出版家、编辑家。

三位当年意气风发的青年文学爱好者，在自己紧张的教学工作之余，为公安文学的繁荣发展做了一件大事。《中国当代公安文学史稿》的出版，第一次为公安文学1949年至1989年的发展过程做了认真的梳理和总结，第一次从理论上对公安文学的诸多问题进行了分析和界定，第一次对公安作家队伍的传承进行了考证和评价。他们的辛勤工作，在恰当的时间节点上为公安文学的过往和未来，都做出了相当准确的判断和评价。《中国当代公安文学史稿》的出现，无疑是1988年至1998年这一公安文学的成长期中的一个最大的亮点，一个最突出的成就。它的影响不仅仅局限于当时与当下，势必对公安文学的未来发展有所引领，有所借鉴。

《中国当代公安文学史稿》的主要成就在于：第一，从艺术形态学的角度，对公安文学的特质和基本特征进行了阐述和分析。《史稿》提出："艺术形态学的任务不仅仅是对艺术体裁作出题材系列的划分，也不仅仅是指出这些划分的理论意义，艺术形态学将着重指出，根据这些不同系列的划分而构成的不同体裁作品内容的某些特征，以及由此而产生的作品形式的特征。公安题材文学创作作为一种具体而独立的艺术形态，它的艺术内容与艺术特征的探讨和研究是公安文学本体研究的任务，也是艺术形态学研究的课题。"《中国当代公安文学史稿》对公安文学的特质和特征的判断是：（1）公安文学由于和政治、和法律紧密地联系在一起，因此它的政治色彩不言而喻；（2）任何一个时代的文学都不像今天这样和广大人民群众紧紧地联系在一起，真正成为人民的事业；（3）创作主体以蓬勃、热情的愿望表现生活、歌唱世界，也以无比冷静和冷峻的态度剖析社会、反思历史。第二，对公安文学自1949年至1989年的四十年发展历程进行了认真的、实事求是的梳理，并在梳理之后提出了自己的观点：（1）要千百倍地尊重艺术的规律，这是前人总结、积累起来的精神结晶，而当代艺术家的实践又在不断地印证和丰富这些规律，我们千万不能藐视它、违背它；（2）要千百倍地珍惜、爱惜文学创作的主体——作家，公安文学几十年来发展的程度还十分有限，这和作家队伍的水平、素质、力量等有密切的关系；（3）要充分认识和重视现实主义创作手法在公安文学创作中的地位和作用。第三，客观地对公安文学队伍的现状和这支队伍的成长历程进行了评价和分析，对诸多作家的创作思想、创作风格和创作水平逐一进行了中肯的点评。

著名文学评论家何镇邦先生在为《中国当代公安文学史稿》所作序言中，对该书的价值做出了恰如其分的评价："作为第一部描述和总结当代公安题材文学创作经验的专著，它在中国当代文学史研究，尤其是在当代公安题材文学研究上，当然具有不可低估的意义。""我期待，以此部《中国当代公安文学史稿》为始，更深入地进行当代公安文学史的研究和开展公安文学的评论工作，在不久的将来，定然会有更完美更成熟的当代公安文学史专著奉献给广大读者。"

坦白说，时至今日，公安文学的理论研究和批评，仍然是整个公安文学事业中最薄弱的环节，是公安文学前进的步伐始终受到限制和约束的重要原因。尽管全国公安文联于2012年成立了公安文化理论专业委员会（现已更名为公安文艺评论专业委员会），尽管在全国公安文学创作队伍中已经有了一批矢志于公安文学研究与评论的同志，如宋强（中国人民公安大学）、曹凤（中国人民公安大学）、曹礼海（湖北警官学院）、张友文（湖北警官学院）、王晓琳（云南省凤庆县公安局）、彭耀春（江苏人民警察学院）、李广仓（中国人民公安大学）、赫蓝国（河南铁道警官学院）等，公安文学的总结和评价仍然严重滞后。在公安文化理论研究领域，大多数人比较关注对公安文化的历史沿革、发展现状、经验教训、未来趋势等进行分析和研究，却较少具体到对公安文学的创作开展评论和批评，更谈不上对公安文学从历史发展的角度进行梳理和研究。因此，《中国当代公安文学史稿》至今仍然是我们在公安文学研究中最为重要的参考和依据，它的历史意义和现实意义至今都还显现出重要的独一性。

由于当时在资料搜集等方面存在的困难，也囿于当时整个文学界对于公安文学的总体认识还有待明晰和提高，再加上由于三位年轻文学爱好者本身工作繁忙，写作时间和条件都有限，《中国当代公安文学史稿》自然“疏漏、粗糙之处也难以避免”。另外，随着时间的推移，一些情况也有了新的变化，该书当时的部分观点，今天也变得可以商榷。但总的来说，《中国当代公安文学史稿》的理论价值和现实意义不可低估，也不可动摇。

1988 年至 1998 年的十年，应该说是新时期公安文学迅猛发展的十年。我们把从 1978 年至 1988 年的十年称为苏醒期，那么苏醒后的公安文学迅即显示出它的蓬勃生机和活力，就像雨后的春笋，以惊人的速度拱开地面，向着天空挺起了稚嫩但坚强的身躯。公安法制期刊的遍地开花，公安文学活动的蓬勃开展，公安作家的成熟进步，公安影视的逐渐崛起强大，特别是公安文化工作越来越受到重视和支持的形势发展，都使得公安文学在改革开放日益深入的大趋势下，没有辜负时代的召唤，没有辜负党和人民的嘱托。不管是否有人置疑，公安文学通过这十年的成长发展，已经成为中国社会主义文学事业中不可被忽视的重要组成部分。

第四章　集结成军：公安文学的爆发期（1998—2008）

第一节　千禧年：集结的号角吹响

2000年是所谓的千禧年，是世纪之交的难忘时刻。尽管当时媒体上关于千禧年应该是2000年还是2001年的争论颇为热烈，但从20世纪90年代的后期开始，关于千禧年的话题讨论就越来越热络，“千禧年”三个字也越来越多地出现在世界各地的报刊上和人们的谈论中。而在中国文学界，也有人提出这样的问题：我们怎样才能创作出真正的世纪之作？

这似乎是个伪命题，是一种哗众取宠的说法，但也是中国文学界一种焦虑的真实表现。文学进入新千年，我们应该用什么样的文学来反映这个缤纷的时代，是每一个文学工作者的责任，也存在着不同形式的迷茫和思考。此时，“中国社会进入经济高速发展期，文学艺术的生存环境相对宽松，文学创作相对自由。各级政府通过签约、奖励等手段提供文学家的创作条件与回报，也保证了文学创作在党和政府主导下开展。同时，商业与市场因素侵入社会肌体，经济利益与市场杠杆在推动、丰富文学创作与出版繁荣的同时，也在弱化、淡化文学的力度和浓度。消费性、休闲性、娱乐性的文艺占据了文化版图的相当部分。文学在淡化社会历史责任的同时，也身陷市场旋涡，退居社会边缘”①。在这样的形势下，文学界的不甘心，也是情有可原的。但是，就在这个时刻，在中国公安文学的领域里，集结的号角却正在迎着新世纪的曙光吹响。尽管也有种种的迷茫和动摇，但总体上说，公安文学的发展仍然是健康的，是可喜的。这一方面反映出的是公安机关主管部门的重视和引导始终在发挥着作用，并不断加强；另一方面也反映出公安文学的整体状态和整体水平，还是处于一个发展的初期阶段，在对社会敏感现象的关注和对文学理论的积极探索上，公安文学还是薄弱而略显懵懂的。

集结，应该是这一时期公安文学发展的关键词。

1999 年 10 月至 12 月，公安部宣传局与中国作家协会鲁迅文学院联合举办了一期公安文学培训班。不知是偶然还是刻意为之，这个在中国公安文学史上堪称创举的培训班，举办时间选在了迈进新千年门槛的最后时刻。尽管二十年过去，当年的参与者大多已经记忆模糊，档案资料也语焉不详，但这个班的重要意义至今显而易见，它是公安文学史上的第一次，是公安

① 朱栋霖、吴义勤、朱晓进：《中国现代文学史》，北京大学出版社 2018 年第三版。

文学面对新世纪时所做出的重要举措。

从多方面搜集到的资料看，这个培训班共吸收了来自全国各地公安机关的文学作者三十余人。人员组成充分反映出当时的公安文学创作状态，既有当时已经小有名气的范东峰、彭祖贻、张成功等，也有当时还只能称为文学爱好者的宗利华（山东省淄博市公安局）、郭水华（浙江省消防总队）、宋良然（内蒙古自治区赤峰市公安局）等，还有刚刚从大学毕业走进公安队伍从事文化工作的方培（上海市公安局）、季伟（公安部群众出版社）等。据宗利华回忆："1999 年的我，还算年轻，写的文章既少又嫩，根本也没想自己以后要当个作家。一听说要推荐我去鲁院，既兴奋，又忐忑。首次参加这样的学习，其间表现注定悄无声息。""那次学习的意义无疑非常重大，我从那时确定，要走文学这条路了。"

公安部宣传局对这次办班高度重视，其间宣传局主要领导到班上与全体学员进行了座谈交流。培训班还举办了丰富多彩的各项活动，如与解放军艺术学院学员的联欢交流，等等。

我们曾经提及，早于这期培训班，中国人民警官大学中文系曾于 1989 年和 1990 年，在部宣传局的指导下连续举办过两期公安文学讲习班，共有八十九名公安文学写作者和爱好者参加了学习，如曹乃谦、修莱荣、孙丽萌、罗亮齐（四川省公安厅）等知名公安作家都曾在讲习班学习过。之后，这样的培训也曾不定期地连续举办过数次。但是，由于种种客观原因，讲习班的举办始终面临诸多困难，规模时大时小，学习时间和课程安排也从未固定，主办单位也有过更换。直至 2005 年，还举办过第五期班，此时已经调整为由公安部宣传局、全国公安文联和中国人民公安大学联合举办，名称也改为公安文学创作研修班，但学习时间也仅有短短的半个月。这几期培训班，由于学习时间都不长，学习内容也不系统、不规范，对公安文学创作水平的提升起到的作用是有限的。它的意义，主要体现在公安机关领导层对公安文学的地位和作用逐步开始有了新的认识，对公安文学创作队伍的组建推出了实质性的措施，对广大基层公安文学创作者和爱好者产生了极大的鼓励和推动作用。与这几期班相比，由公安部宣传局直接组织，并与有丰富教学经验的鲁迅文学院共同操作的公安文学培训班，当然意义更重要，取得的效果也更加明显。

但是，由于当时对公安文学重要性的认识程度，在各级各地公安机关仍存在较大的差别，甚至一些地方的公安机关领导仍然对公安文学创作存在着较大的偏见和误解，由各地推荐参加培训班学习的人员情况便也存在着很大的差异。有的同志已经在文学创作上取得了一定的成绩，有的却连文学和新闻的区别也不清楚。这样的情况，其实也是当时公安文学整体发展状态的一种真实反映。而这样的状态，不容讳言，也必然会影响培训班的整体学习效果。但不管怎么说，在千禧年的钟声敲响前举办的这一期公安文学培训班，在公安文学的持续发展过程中，功绩不可磨灭。特别是从这个培训班走出的以宗利华等人为代表的公安文学新生代作家，时至今日，已经担当起公安文学创新发展的重任。

宗利华，男，1995 年参加公安工作，供职于山东省淄博市公安局。中国作协会员，现任淄博市作协主席。他从 1994 年开始文学创作，目前已经出版文学著作 12 部。其中如长篇小说《越跑越追》、小说集《天黑请闭眼》等广受好评。曾获金盾文学奖、泰山文学奖等多种奖项。宗利华曾先后三次到鲁迅文学院学习，自我感觉终身受益，其收获也确实在他的作品中有充分的体现。

宗利华著《越跑越追》，群众出版社 2011 年版

这个班的学员，到今天有的已经退休，有的已不再从事文学创作，也有的由于种种原因已调离了公安系统。但是，这个班播下的文学种子，却始终在公安文学这块丰饶的土地里生长繁育，绵绵不息。时任驻班的公安部宣传局联络员杨桂峰，现任《啄木鸟》杂志主编，为公安文学的发展做出了重要贡献。当时班上最年轻的学员之一方培，现在也已担起上海《东方剑》杂志副主编的重任。一直在公安消防部门工作的郭水华，始终坚持诗词创作，出版有多部诗词集，现已成为中国作家协会会员。内蒙古自治区赤峰市公安局的宋良然，在培训班学习的十五年之后，才出版了他的第一部文集《忧伤的马头琴》，用他的同学彭祖贻的话说："视文学如'珍珠'，把写作当朋友，不图'成家'，不为扬名，只为追求生活里多一份灵动文字的快乐和静品墨香的幸福！"

从这个培训班学员的发展情况看，或者从当时公安文学创作队伍的整体情况看，应该承认，文学市场化、商品化的思潮并不是没有对公安文学的发展产生负面影响，对公安作家们的思想也不是没有或轻或重的搅扰。就在这个培训班上，也曾有过一些噪声出现。今天我们推测，也许这正是这种公安机关与文学教育机构的合作方式，当时没能坚持下来的原因。但是，公安作家队伍在长期公安工作实践中锤炼出的忠诚意识和严明纪律，始终端正着公安作家们的思想，也自觉约束着他们的行动，这保证了公安文学培训工作能够坚持正确的导向，能够取得一定的成效。它在中国公安文学发展的历史中，始终是重要的一页。

金盾文化工程奖的设立和规范，也是在新千年里对公安文学创作的一种推动和引领。它在集结号吹响之后，从队伍的规整和成绩的检阅方面树立了标杆，规范了标准，也确立了正确的导向。

我们前面讲过，金盾文学奖曾由《啄木鸟》杂志最先设立。1987年，公安部正式设立了金盾文学奖，《啄木鸟》遂将自己的奖项改称"啄木鸟"文学奖。金盾文学奖的设立，旨在"鼓励和发展我国公安题材文学作品的创作，繁荣公安文艺事业，推动社会主义精神文明建设”①。1987 年举办的首届金盾文学奖评选活动，取得了很大的成功，也达到了预期的目的，并且通过在评选工作中对一千五百余件应征作品的审读，对公安文学当时的现状进行了梳理和分析，得出了比较准确的答案。这个答案，时任公安部部长王芳同志在首届金盾文学奖颁奖仪式上的讲话中有明确的阐述：“公安题材的文学创作虽然取得了可喜的成就，但与新时期党和人民对文学创作的要求相比，与整个文学成就相比，还有很大的差距。真正优秀的重头作品还太少，大量的作品还处在较低的水平和层次上。有的思想内容虽然很好，但创作艺术较粗糙，缺乏感染力。有的侦破小说只追求情节的惊险曲折，而忽视了人物形象的刻画。许多作品，内容贫乏，艺术手法简单俗套，不能给人们美的享受。因此，我们希望从事公安题材文学创作的同志，多多深入生活，加强对社会问题的研究和创作实践，努力提高作品的质量，使自己的创作真正为人们所喜爱，为社会所接受。”

1992 年，中共中央宣传部设立了精神文明建设“五个一工程奖”，宣示了政府高度重视亿万人民精神文明生活，全面打造文艺精品，鼓励艺术创新，提高艺术品质，最大限度地满足社会大众的创作导向。“五个一工程奖”每年评选一次，主要表彰五个方面的创作，即一部好的戏剧作品、一部好的电视剧作品、一部好的电影作品、一部好的图书（限社会科学方面）和一篇好的理论文章（限社会科学方面）。在奖励作品和作者的同时，也对组织生产这些优秀精神产品成绩突出的省、自治区、直辖

① 《第一届金盾文学奖获奖作品集前言》，群众出版社 1990 年版。

市党委宣传部和中央部分部委、解放军文化部门等给予表彰奖励。自1995年起，又将一首好歌和一部好的广播剧列入评选范围，但“五个一工程”的名称不变。“五个一工程”奖的设立，对各地、各单位精神文明产品生产的发展和提高起到了积极的促进作用，充分体现了党中央提出的精神文明重在建设的方针。自评选开展以来，“五个一工程”奖在繁荣社会主义文艺创作，催促富有鲜明时代精神和浓郁生活气息、思想性与艺术性完美结合、为广大人民群众喜闻乐见的艺术精品的问世，起到了有力的推动作用。先后有一大批优秀的文艺作品获得奖励，在中国文艺界凝聚起了一股正气，树立起了一座标杆，对端正文艺界的风气、促进文艺精品创作发挥了重要作用。

为对应“五个一工程”奖，同时使奖励制度更符合公安文化工作实际，公安部于1995年将金盾文学奖调整为金盾文化工程奖，最初，奖项包括了文章奖、新闻奖、文学奖、图书奖、影视奖和艺术奖（其中第六届只颁发了文章奖、新闻奖和报刊奖）。到2009年的第十届，奖项调整为文学奖、图书奖、影视奖和艺术奖四大类。至此，确立了金盾文化工程奖作为公安机关文化建设最高奖项的地位，使其不断发挥出重要的激励和推动作用。

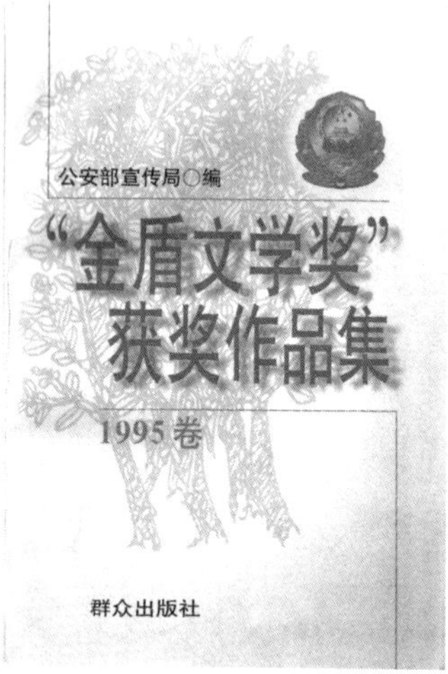

《"金盾文学奖"获奖作品集（1995卷）》，群众出版社1998年版

从不定期地表彰奖励成绩突出的文艺创作（1987年，根据海岩长篇小说《便衣警察》改编的同名电视剧曾获得公安部单独颁发的第一个金盾影视奖），到正式设立金盾文学奖，再到调整规范为金盾文化工程奖，全国公安机关对文学创作的表彰奖励制度逐步完善成熟。特别是进入21世纪以后，金盾文化工程奖的组织结构、报送程序、评奖标准和评委组成等，都逐渐摸索出了合理的模式和可操作性强的工作流程，对促进公安文学艺术的提高与进步，发挥出了强有力的推进作用；对催生公安文艺精品，也发挥出了有目标、有效率、有质量的保证作用。特别是在为公安文学创作提供重要的价值体系标准和艺术水平高度上，金盾文化工程奖无疑是明确而端正的。

从第一届金盾文学奖开始，至2019年第十四届金盾文化工程奖评选，我们可以从中清晰地观察到公安文学创作队伍的传承脉络。一批公安文学老作家，如海岩、武和平、魏人、张策、孙丽萌、艾群（群众出版社）、尹曙生（安徽省公安厅）、罗亮齐、范东峰、朱维坚（黑龙江省嫩江市公安局）、徐雅雅（公安部）等，都曾在评选中屡获殊荣。他们的名字和作品为金盾文学奖的高质量提供了保证。我们以范东峰和朱维坚为例进行说明。

范东峰，男，陕西人，曾在陕西省西安市公安局工作，现已退休。范东峰的创作以小说为主，擅长以朴素的文字直面基层公安工作，人物塑造生动丰满。他在第二届金盾文化工程奖的评选中，以中篇小说《小街派出所轶事》和《公安局长》分获文学奖的一、二等奖。之后，又连续在第四届、第五届、第七届、第九届评选中获奖。

朱维坚，男，黑龙江人，中国作家协会会员。曾在地方文化部门工作，后调入黑龙江省嫩江市公安局，任办公室主任。朱维坚的创作也以小说为主，但他的长篇小说多取材于黑龙江地区，有着浓郁的地域文化特色，行文豪爽粗犷，故事荡气回肠，充满金戈之气。他鲜明的创作风格，影响了黑龙江乃至东北地区众多公安作家，是后来逐渐形成的“黑龙江公安作家群”中的领军人物。他的长篇小说《使命》在第七届金盾文化工程奖评选中获得文学奖的一等奖。之后在第八届、第九届、第十届中也有作品连续获奖。

而一批公安文学创作的新生代力量，也正是在金盾文化工程奖的引领和推动下，逐渐在公安文学创作的热潮中崭露头角，开始踏进了公安文学领域。金盾文化工程奖在他们的创作生涯中，是最重要的鼓励和鞭策，更是一种精神上的集结，是公安作家创作的精神高地。

吕铮，男，北京人，曾在北京市公安局从事多年的经济犯罪侦查工作，现任北京公安文联干部，中国作家协会会员。2009年，在第十届金盾文化工程奖评选中，他以长篇小说《巴士警探》首次获得金盾文学奖。之后，他以每年一部长篇小说的创作速度，连续推出了《警校风云》《赎罪无门》《名提》《狂探》《三叉戟》等十三部长篇小说和报告文学《猎狐行动》，并多次获奖，成为公安文学新生代作家的中坚力量之一。他曾在鲁迅文学院高研班进修，并作为公安文学创作队伍的优秀代表出席了第七次、第八次全国青年作家创作会议。

李晓重，男，天津人，任职于北京铁路公安局天津公安处，曾在铁路公安系统从事过多种基层工作，毕业于鲁迅文学院高研班，中国作家协会会员。他以长篇小说《走火》荣获第十届金盾文化工程奖文学奖，并以作品的新颖构思角度和生动叙述风格，立即引起社会广泛关注。《走火》在改编成长篇电视剧播映之后，同样引起了轰动。他的长篇小说《危局》《驻站》，先后获得第十一届、第十三届金盾文学奖。特别是《驻站》，通过一个四等小车站上警民关系的变化故事，讴歌了铁路警察忠于职守的奉献精神，获得了广泛好评。李晓重在创作上是个多面手，他在话剧、影视作品的创作中都取得了不俗的成绩。他创作的数字电影《千里纵横之铁凤凰》获得了上海电视节“白玉兰”奖。

李晓重著《走火》，群众出版社 2018 年版

在第十三届金盾文化工程奖文学奖的评选中，胡杰的报告文学《中国西部秘密战》和紫金的报告文学《泣血长城》双双获奖。胡杰，男，陕西人，现任职于陕西省西安市公安局，中国作家协会会员。紫金（孙震青），女，辽宁人，现任职于辽宁省大连市公安局，中国作家协会会员。胡杰和紫金都是新生代公安作家中报告文学创作的杰出代表人物。为了重现新中国成立之前西安中共潜伏组织的卓越工作，胡杰曾多次自费外出采访，最远到达过新疆腹地，还查阅了大量的历史资料。而紫金在采访大连市 7 · 16 特大火灾扑救英雄集体时，历时两年，采访达四百余人。他们在创作上的刻苦与严谨，不仅为自己的创作带来了荣誉，更为广大读者奉献了优秀的公安题材报告文学作品。

初曰春，男，山东人，曾在山东公安消防部门任职，现就职于全国公安文联创作室，中国作家协会会员。他与衣向东合作的报告文学《破冰之战》获得了第十三届金盾文化工程奖文学奖。初曰春长期在基层公安消防部门任职，熟悉公安消防工作，他创作的大量消防题材的小说，如《一号战车》《一级战备》《首车出动》《我说红烧，你说肉》《刺槐花开》等，都获得了广泛好评。他还以散文《父亲的“一大”情结》获得了第八届冰心散文奖。

初曰春著《我说红烧你说肉》，群众出版社 2018 年版

特别值得一提的是，金盾文化工程奖的评选，也对社会作家对于公安题材创作的参与和关注给予了充分的肯定和鼓励。多年来，有许多社会作家的优秀公安题材文学作品获得了这一奖项。在他们当中，有许多我们耳熟能详的名字：张平、李迪、张宏森、金敬迈、聂鑫森、刘醒龙、蒋巍、孙春平、石钟山、阿成、水运宪……他们为公安文学的繁荣发展所做出的努力和所投入的精力，值得我们永远尊敬。

出于各种考虑，金盾文化工程奖文学奖没有设置诗歌、散文及其他文学样式奖项。这在公安文学创作发展的早期，是可以理解的。但随着时间的推移，公安题材诗歌、散文的创作水平逐渐提升，诗歌、散文所取得的成就已经为中国文学界所普遍认可。而金盾文化工程奖文学奖中诗歌、散文的缺席，不能不说是一种遗憾。

第二节　全国公安文联的应势而生

集结，在1998年至2008年的十年间，是公安文学事业的组织者和参与者越来越明确的共识，也是这个时期公安文学创作进入爆发状态的基础。就在千禧年的前后，有部分省、自治区、直辖市的公安机关，如北京、河南、福建、广东、山西、四川、陕西等，已经率先开始了组建群众性公安文化组织的尝试。这种在组织上对公安文化工作加强领导的做法，逐渐形成趋势。

在这样的大趋势下，公安部政治部也开始酝酿筹备全国性的公安文艺群团组织。2002年9月18日，公安部宣传局正式起草了《关于筹备全国公安文联有关问题的请示》，请示认为“成立全国公安文联已具备一定的基础”。请示还对全国公安文联的宗旨、业务范围、机构设置、经费来源和筹建程序等提出了设想。同年10月10日，公安部部长办公会研究了筹建全国公安文联问题。在事后形成的会议纪要中指出：“为进一步促进公安文化工作的发展与交流，创造良好的文化育警氛围，丰富和提高民警文化生活，正确把握公安文艺宣传的舆论导向，会议原则同意筹建全国公安文联，具体工作由宣传局按程序办理。”

至2003年5月，公安部宣传局按照会议要求，基本完成了全国公安文联的前期调研和筹备工作。5月13日，宣传局发出《关于筹建全国公安文联几个具体问题的请示》，请示明确提出了筹备工作的步骤：一、成立筹备组织；二、向中国文联提供有关申请材料；三、由中国文联以主管单位名义向民政部申请全国公安文联作为独立法人登记注册，成为中国文联团体会员；四、民政部报国务院批准。同时，就请公安部党委委员、政治部主任孙明山同志任全国公安文联筹备组负责人及全国公安文联负责人备选初步意见、办公场所、资金等问题作了请示。

中国文学艺术界联合会对全国公安文联的成立给予了高度重视和大力支持。同年6月13日就致函同意了公安部的筹备意见，并表示“经研究，中国文联同意筹备全国公安文学艺术联合会，同意作为全国公安文学艺术联合会的业务主管单位”。同年9月24日，公安部政治部部务会议研究了全国公安文联的筹备工作，并在会议纪要中指出：“文联使用社团编制，按社团进行管理，启动经费从公安宣传经费中适当划拨一部分予以资助。”至这一年的年底，全国公安文联的筹备工作在手续办理层面已经基本完成，其他工作也都在紧锣密鼓地进行中。

在筹备过程中，关于全国公安文联成立之后的职责、任务、业务范围和发展方向，在全国公安文艺工作者和爱好者之中引发了广泛的关注和积极的反响。特别是广大的公安作家，对公安文学美好的发展前景充满了希望和憧憬，纷纷提出自己的建议和意见，正如公安部政治部于2004年9月3日下发各省、区、市公安机关的《关于筹备成立全国公安文联的通知》中所说：“这是公安文化工作的一件大事，更是广大公安民警特别是公安文艺人才的迫切愿望。”在筹备期间，公安部宣传局也在各个层面广泛听取了各方面的建议，针对全国公安文化建设的基本情况，对全国公安文联未来的发展做出了比较准确的规划和设计。

2004年12月29日，全国公安文学艺术联合会成立大会在北京隆重召开。来自全国各地公安机关和公安部直属单位的代表共一百零五人出席了会议。会议审议通过了《全国公安文学艺术联合会章程》，以举手表决的方式全体通过了全国公安文学艺术联合会第一届理事会组成人员名单。全国公安文学艺术联合会第一届理事会由六十二名理事组成。会议还以第一届理事会第一次全体会议的方式审议通过了全国公安文学艺术联合会第一届常务理事会组成，全票选出孙明山等十七名同志为全国公安文学艺术联合会常务理事。会议选举孙明山同志为全国公安文学艺术联合会主席，孙永波同志为常务副主席，李忠信、阎世颖、侣海岩同志为副主席。会议同意常务理事会任命张策同志为全国公安文学艺术联合会秘书长。同日，公安部下发了《中华人民共和国公安部任免通知》，批准了会议选举结果。同时，公安部政治部下发了《关于孙崇大等任职的通知》：“经研究，同意孙崇大、孙洁任全国公安文联副秘书长。”

全国公安文联的成立，为公安文学创作队伍的集结，为公安文学事业的繁荣发展，奠定了最坚实的组织基础。

经过广泛的调查研究，根据当时全国公安文化建设的实际发展情况，公安部宣传局与全国公安文联研究，初步确定拟下设文学、书法美术摄影集邮、新闻等分会。当时的全国公安文联尚属新生事物，缺乏经验，一切都是“摸着石头过河”。在后来的逐年发展中，为更好地发挥组织作用，于 2006 年 2 月 14 日率先成立的书法美术摄影集邮专业委员会，书法、美术、摄影、集邮先后分离，各自独立组建成由全国公安文联领导的二级协会组织，分头开展工作。而经深入了解，因新闻工作业务不属于文联系统管理范畴，故取消了新闻分会的筹建计划。全国公安文联文学专业委员会（全国公安作家协会），则一直是力量最雄厚、管理最规范的公安文化组织。

全国公安文联文学专业委员会（全国公安作家协会）成立于 2006 年 3 月 31 日。在筹备之初，曾暂定名为文学分会，按照国家关于社团组织管理的相关规定，后改称专业委员会，为民政部门认定的二级协会组织。在向中国作家协会申请成为团体会员的过程中，考虑到与中国作家协会的衔接和联络，经全国公安文联主席办公会研究决定，全国公安文联文学专业委员会的领导班子，以全国公安文联主席团为主，略作调整而组成。而在实际工作中，在与中国作家协会及下属组织联合举办文学活动时，可称全国公安作家协会。

在 2006 年 3 月 31 日召开的全国公安文联文学专业委员会成立大会上，全国公安文联副主席侣海岩作了题为《继往开来，努力开拓公安文学发展新局面》的工作报告。报告总结了公安文学的发展过程和经验教训，对发展前景做出了分析和预测，号召全体公安文学创作者和爱好者，团结一心，努力奋斗，开创公安文学发展的新局面。

公安文学事业的创新发展，有赖于公安文学创作队伍的集结与质量提升和各项公安文学活动的广泛开展。这始终是全国公安文联工作的重中之重。全国公安文联成立后参与的第一个全国性公安文化活动，就是协助公安部宣传局筹办了《霞映长天·纪念任长霞牺牲一周年诗歌朗诵音乐会》，有很多优秀公安诗人如苏雨景、逯春生（黑龙江省绥化市公安局）等人的作品，在这次征文活动中获奖。2005 年 9 月，全国公安文联又与公安部宣传局、中国人民公安大学联合举办了第五期公安文学创作研修班，吸引了来自全国各地公安机关的四十五名学员参加培训。在全国公安文联文学专业委员会正式成立后，随即着手筹备了第四届全国侦探推理小说大赛活动，并在 2007 年 7 月 15 日与北京侦探推理文艺协会共同举办了第四届侦探推理小说大赛颁奖典礼。在颁奖典礼上，同时举办了大赛获奖作品研讨会，对获奖的武和平、郑颖（上海市公安局）、胡玥、彭祖贻四位公安作家的作品进行了认真的研讨。

作为群众性的社会团体组织，全国公安文学艺术联合会始终把自己的工作定位于行政主管部门在公安文化工作上的重要助手和必要补充。同时，它又担负着团结、组织、带领广大公安文艺工作者和爱好者，为繁荣和发展公安文化事业而奋斗的重任。基于这样的思想定位，全国公安文联积极参与到由公安部政治部、宣传局组织的各项全国性文化活动之中，并在其中发挥了重要的作用。例如在 2005 年 12 月，全国公安文联与公安部政治部、中国曲艺家协会共同成功举办了全国公安系统相声小品大赛活动。2006 年 8 月，又与公安部政治部共同组织了“公安文化基层行”活动。活动启动之后的两个月内，“公安文化基层行”文艺小分队分赴新疆、青海、甘肃、宁夏、福建、天津、吉林、四川、重庆、贵州、江西 11 个省、自治区、直辖市进行慰问演出，行程两万多千米，演出六十余场，受到民警和广大人民群众的热烈欢迎。特别是接受宣传局的委托，在 2005 年、2007 年、2009 年，全国公安文联连续承办了第八届、第九届、第十届金盾文化工程奖的文学奖、影视奖、艺术奖的评奖工作。经过认真细致的工作，不仅圆满完成了评奖程序，还借此机会对全国公安文学作者队伍的情况进行了了解和梳理，掌握了许多新的信息和新的人员情况，为下一步深入开展公安文学的组织工作，奠定了基础，明确了方向，也增强了信心。

通过这三届金盾文化工程奖文学奖和影视奖的评选工作，一批富有创作实力而过去鲜为人知的基层公安作家逐渐进入管理体系的视线，他们在文学道路上的默默耕耘，他们在文学创作上所取得的成绩，值得在公安文学的发展史上留下不可磨灭的一笔。

刘广雄，男，云南人，时任云南省边防部队干部，中国作家协会会员，现任云南省作协副主席。他以中篇小说《战士刀子》获得了第八届金盾文化工程奖文学奖。获奖之后，刘广雄的创作逐渐进入高峰期，小说《阳光照耀和平》《父亲的疆场》《缉毒警》《白领黑枪》等受到好评，其中《缉毒警》在改编为电影之后也获得了金盾文化工程奖的影视奖。刘广雄的作品在公安作家中别具一格，深刻反映了公安边防部队官兵的工作与生活，具有浓郁的士兵气息。

刘广雄著《白领黑枪》，群众出版社 2014 年版

韩青辰，女，江苏人，任职于江苏省公安厅，中国作家协会会员。她在第八届金盾文化工程奖文学奖的获奖作品是长篇小说《守口如瓶》。韩青辰的创作以儿童文学见长，曾就读于鲁迅文学院高研班（儿童文学班）。她致力于用儿童文学的创作笔法阐述民警故事，讴歌民警精神，2018 年的新作《因为爸爸》再次受到高度评价和广泛好评，获得 2019 年中宣部“五个一工程”奖。

同样擅长儿童文学创作的杨老黑（杨永超）以中篇小说《枪》获得了第九届金盾文化工程奖文学奖。杨老黑，男，安徽人，工作于安徽省亳州市公安局，中国作家协会会员。他也毕业于鲁迅文学院高研班（儿童文学班）。他创作的系列儿童侦探小说，生动，活泼，深受少年读者的喜爱。

易卓奇，男，湖南人，在湖南省长沙市公安局工作。他的长篇小说《纪委调查》获得了第九届金盾文化工程奖文学奖。之前，他的另一部长篇小说《无须喝彩》也曾获得第七届金盾文化工程奖文学奖。因为长期在公安纪委系统工作，易卓奇的作品多涉及反腐倡廉题材，故事跌宕起伏，洋溢着一股浩然正气。

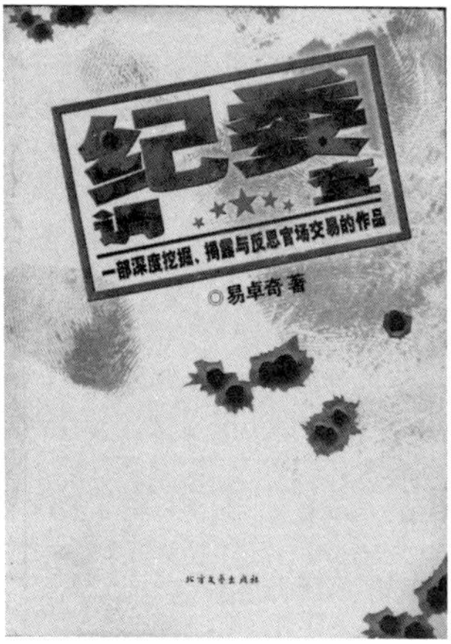

易卓奇著《纪委调查》，北方文艺出版社 2008 年版

牛力军，男，吉林人。现在吉林省长春市公安局任职，中国作家协会会员。他以长篇小说《河东河西》获得第九届金盾文化工程奖文学奖。牛力军不仅在小说创作上有所成就，在影视文学创作上也取得了优秀的成绩，2012 年，他参与创作的电视剧《营盘镇警事》，在中央电视台播出，并获得“五个一工程”奖。

孙红旗，男，江苏人，在浙江省衢州市公安局任职。孙红旗也是在金盾文化工程奖文学奖评选中多次获奖的优秀公安作家。他在第十届金盾文化工程奖文学奖中的获奖作品是中篇小说《风起滴水弄》。他现任衢州市作家协会副主席。

袁瑰秋，女，四川人，曾在四川、广东两省公安宣传部门工作，现任职于广东省公安文联，中国作家协会会员。她创作的报告文学《擎天》获得了第十届金盾文化工程奖文学奖。进入新时期之后，袁瑰秋不仅在报告文学创作上不断提升，而且在公安文艺舞台演出脚本创作的文学化上有成功的尝试和发展。

库玉祥，男，黑龙江人，在黑龙江省牡丹江市公安机关工作。他是“黑龙江公安作家群”的主要作家之一，以长篇小说创作见长。创作风格与朱维坚异曲同工，但更在粗犷中见细腻。他在第十届金盾文化工程奖文学奖中的获奖作品为长篇小说《险象环生》。

刘美兰，女，湖北人。她在湖北省公安厅宣传部门工作多年，曾任湖北省公安厅宣传处副处长、省公安文联秘书长，现调任湖北省交警部门负责宣传工作。她以报告文学《生命的原色》获得第九届金盾文化工程奖文学奖。值得一说的是，刘美兰在自己从事创作的同时，出色地完成了湖北公安文联的组织工作，培养扶植了众多湖北省公安文艺人才。

像刘美兰这样既担负着自己的创作任务，又承担着公安文化组织工作的同志，在全国公安系统的宣传文化部门还有很多，如孙丽萌、马青山、许丽晴（江苏省公安厅）、毛诗奇（云南省公安厅）、程峰（江西省公安厅）、农秀红（广西区公安厅）、孙学军……他们在推动公安文学创作中发挥了双重的重要作用。

除上述作家外，在第八届、第九届、第十届金盾文化工程奖中获奖的主要公安作家还有：谢宗玉（湖南省长沙市公安局）、王希泉（人民公安报）、王建幸（上海市公安局）、穆玉敏（女，北京市公安局）、耿慧东（北京市公安局）、杨佳富（云南边防总队）等。

我们在这里就这三届金盾文化工程奖的文学奖获奖作者进行比较详细的评述，实际上是要阐述以下观点：

一、随着国家改革开放的步伐不断加快，全国公安机关的正规化建设也呈现出日新月异的状态。在越来越壮大且越来越趋向于规范化、知识化、年轻化的公安队伍中，公安文学创作的潜力之大、水平之高，是超出我们的想象的。公安作家队伍的集结和培养训练，是全国公安文联工作的重点，也是公安文化建设水平不断提升的保证。

二、对公安文学创作的鼓励和引导，首要在于对公安队伍价值体系的高度认同和塑造。“应大力弘扬人民警察核心价值观，着力培养广大民警为党和人民的利益而战、为法律尊严而战、为警察荣誉而战的战斗意志，矢志不移地做中国特色社会主义事业的建设者、捍卫者。”① 文学承担的教化功能是不能否认的，也是否认不了的。作为有着鲜明政治属性的公安文学，就更不能对此有丝毫动摇。

三、公安文学的文学特质尚不够鲜明，文学水平仍有待提高。金盾文化工程奖是全国公安系统文化建设的最高奖项，但

---

① 公安部宣传局、全国公安文联：《人民公安文化建设》，群众出版社 2017 年版。

仅从第八届、第九届、第十届这三届文学奖来看，我们仍然有着巨大的努力空间。我们的作品在明确的公安特色之外，对社会、对人性的描写仍然过于局限，过于简单甚至粗暴。而且，在文学创作的独特规律上，我们仍然缺乏清醒认识，更不能完全熟练掌握。这是我们在集结之后很长时间内迫切要解决的问题。

在对这些问题清醒认识的基础上，刚刚诞生的全国公安文学艺术联合会，不断端正工作目标，调整工作标准，在公安文学创作的努力方向和发展趋势上，逐渐明确了自己的工作愿景和工作规划。

第三节　《九十年代大案要案侦破纪实丛书》的得失

所谓集结，组织机构上的各种整合措施固然重要，但作为意识形态领域的文学而言，更重要的应该是文学本身在创作思想、创作方式、创作走向的某种认识上的趋同和行动上的集中。这不是反对所谓“创作自由”，不是对作家个体的束缚，而是作为一种行业文学在面对本行业的共同价值体系时的本能要求，是本行业文学繁荣发展的必然选择。特殊行业文学的基本定义和迫切要求，决定了公安文学在努力突破前行的同时，势必会有不同形式、不同需求、不同层次的文学策划、文学活动出现，以推动公安文学整体发展。这种情况，有点类似 20 世纪 80 年代公安法治期刊的盛行，但已经摆脱了当时的混乱状态，而变得更加冷静、更加有序、更加目的明确而操作得当，也就会产生更加深远的影响。

让我们回到1998年。这一年，群众出版社策划并组织创作了一套《九十年代大案要案侦破纪实丛书》。这套丛书在当时影响巨大，轰动一时，收到了很好的社会效果和经济效益。这套书共八本，分别是：《走出噩梦——苏南特大抢劫杀人系列案侦破纪实》（张国擎）、《梦醒魂不归——深圳7·11大案探微》（杨黎光、蔡志明）、《天府之国魔与道——内江犯罪团伙特大枪杀案侦破纪实》（张成功）、《犯罪升级——黑龙江鹤岗1·28巨额现金抢劫案侦破纪实》（胡平）、《死罪难逃——震惊中外的千岛湖3·31惨案内幕纪实》（杨道金）、《冷血——全国首例涉外饭店枪杀抢劫案》（高红十）、《原罪——三省六市江洋大盗缉捕纪实》（牛伯成）、《迷失的魂灵——湖北荆沙特大抢劫团伙案侦破纪实》（刘益善）。

《九十年代大案要案侦破纪实丛书》，群众出版社1998年版

这套丛书的出版时间贯穿于1998年全年，我们再算上之前的策划时间和创作时间，算上案件本身的侦破时间，这套书实际上所选内容主要涉及的是20世纪90年代前叶和中叶发生的重特大案件。这套丛书的策划十分慎重，公安部宣传局领导高度重视。在各地公安机关报送的案例中进行了认真的筛选。在湖北省钟祥市召开了大规模的策划会议，宣传局主要领导出席会议并作了工作部署。这样的重视程度除了我们上述的缘由外，当时出版界面临的客观实际也是出版方考虑的重要因素。

当时，“社会主义市场经济体制初成，宣布迈进小康社会并确立在21世纪前20年实现全面建成小康社会的目标，综合国力日益增强，新媒体文化迅捷笼罩，中国加入世界贸易组织，东欧剧变和‘9·11’事件后世界加重了多元化和全球化趋势。中国文化和文学面临着世界的新格局，这样的时代现场被表述为‘新世纪、新阶段’”①。

尽管上述论断在时间上指向进入21世纪之后，但市场化对文学界、出版界的压力早在20世纪90年代就已经逐步增大，甚至已经成为各个出版单位老总们最头疼的问题。作为公安部所属的群众出版社，尽管还有着行政化的部分优势，但走向市场已不再是停留在设想之中的事情，而是必须及时面对的危机。而如何处理好、利用好行业特性带来的优势和劣势，使之与市场真正有机接轨，更是摆在出版社领导和全体工作人员面前的难题。

不能不说，《九十年代大案要案侦破纪实丛书》的策划和出

---

① 朱栋霖、吴义勤、朱晓进：《中国现代文学史》，北京大学出版社2018年第三版。

版，就是出版社面对新形势所做出的突围努力。各方面对这套书的高度重视，也表现出了公安文学在面对市场经济时的困惑、适应和抗争。

这套丛书的作者经过精心的挑选，基本上都是当时最富实力的公安系统内外作家，如胡平、高红十、杨黎光等，都是在文学界享有盛名的理论家、作家和诗人。

胡平，男，北京人。优秀的文学理论家、作家。曾多年在中国作家协会创作研究部、鲁迅文学院从事理论研究和文学评论、教学工作，有大量的文学理论著作和小说作品问世。中国作家协会会员。他在这次采访活动后撰写的报告文学《犯罪升级》，堪称精品。

高红十，女，北京人。著名记者、诗人、散文家。时任《中国法制报》记者，有大量的报告文学、散文作品问世，中国作家协会会员。她在 20 世纪 60 年代参与创作的长诗《理想之歌》，在中国文学史上是一代人的记忆。

杨黎光，男，安徽人。著名报告文学作家、新闻工作者。曾任深圳报业集团总编辑，中国作家协会会员。是首届“鲁迅文学奖”获得者，创作有大量的报告文学、小说和影视作品。

本次活动唯一入选的公安系统内作者，是安徽省公安厅作家张成功，也是当时在报告文学创作上卓有成就的作家。

作家们在采访过程中受到了一路绿灯的待遇，各地公安机关给予了作家们大力的支持。从某种意义上说，这套丛书的策划和创作过程，是公安机关历史上第一次对文学创作大规模地、完全彻底地敞开大门，既体现了各级公安机关对公安文学创作的重视程度在加大，也在一定程度上反映了公安机关的开放意识在加强。但更主要的，还是体现出面对强大的市场压力，出版社在将公安文学创作与市场经济相结合上的苦心孤诣。

《九十年代大案要案侦破纪实丛书》的出版，应该说确实达到了组织者想要达到的目的，以优秀作家的重量级作品“抱团出海”，在社会效益和经济效益上都取得了不凡的成绩。一是丛书所选取的案例，大多是在20世纪90年代轰动全国的重、特大案件，影响恶劣，如《死罪难逃》披露的“千岛湖惨案”，是当时甚至引发了严重台海危机的重大案件，世人瞩目。对这些案件的侦破过程，充满了惊心动魄的细节。丛书很好地利用了这一稀缺资源，将鲜为人知的故事披露于世，很好地引发了轰动效应，也达到了讴歌人民警察形象的目的。二是作家们的精心采访和构思创作，使这套丛书在文学性上有较大的突破和改进。由于参与创作的作家都具有丰富的经验，鲜活的素材又充分调动了他们的灵感和创作热情，他们所完成的这一批长篇报告文学堪称精品，有许多至今可供我们参考借鉴的经验。例如，著名文学理论家胡平的《犯罪升级》，在详尽叙述案件的侦破过程时，较好地塑造了正反两方面人物的丰满形象。作品被改编成电视剧播出时，几乎达到了万人空巷的地步。三是出版社的策划是成功的。特别是将公安系统独特的素材资源和优质的创作力量相结合，形成优质文学产品后再集结推向市场的做法，是一次取得了一定效果的很好尝试。

在迈进21世纪的门槛之前，《九十年代大案要案侦破纪实丛书》的出版，是公安文学交给市场的一份合格答卷。

就文学本身而言，《九十年代大案要案侦破纪实丛书》的贡献在于提供了一种创作思路。这种创作思路不是自这套丛书而肇始，却是在这套丛书出版引发轰动之后而逐渐固定下来，在相当长的时间内产生了巨大的影响。这种影响至今绵延不绝，尽管随着创作环境、创作理念的不断变化而有了改变，但基本的构架不变。这种创作思路，就是紧紧围绕某一案件，以案件的侦破过程为推进主线，以事件带动人物的成长变化。其实早在公安文学诞生成长之初，作家们基本是执这样的创作理念和创作手法的。我们可以轻易地注意到，那时候的公安文学精品，基本上是循着这样的创作思路而行的。但是，《九十年代大案要案侦破纪实丛书》大大突破了之前的作品体量和作品局限，以长篇报告文学的重量级形式，把一起或数起案件，特别是重大案件，比较详细地公之于众，这就大大刺激了读者的兴趣，调动了读者的探秘心理，由此而形成了仅仅属于公安文学的独特文学样式，也在文学市场上占得了一席之地。

可以说，这种创作思路继承发扬了之前的优良文学传统，又在市场环境下进行了较大的演变和调整，为公安文学打出了一片天地。在相当长的时间里，这样的作品大量产出，几乎形成了公安文学的主流。各种同类丛书层出不穷，各种案例精选摆满了书店的货架，而《九十年代大案要案侦破纪实丛书》的严谨、精致却没能被完美复制，粗制滥造迅速成为诸多跟风者的法宝。耐人寻味的是，胡平的《犯罪升级》以纪实风格拍成电视剧后不久，这种纪实风格的电视剧作品就被有关主管部门从屏幕上彻底封杀了。尽管《犯罪升级》与《9・18 大案纪实》

一样堪称精品，但玉石俱焚的结果仍然令我们深思。这样的现实告诉我们，以案件为唯一主线的创作思路，面临着市场和行政主管部门的双重压力，终将会在“把案件写到何种地步才算合适”这个核心问题上，出现某种差错。

我们总讲公安文学的优势之一就是拥有大量独特而新奇的生活素材，但这种生活素材如何使用才算得当，却始终是我们要面对的问题。它既是我们的优势，其实也是我们的劣势，很多时候甚至是我们裹足不前的原因。

从文学集结的角度说，《九十年代大案要案侦破纪实丛书》依靠着作家和作品的集结，成功实现了公安文学对市场的一次突围，或者说是一次占领。但是这种成功带有很大的试验性，因为市场本身就不是一个相对固定不变的因素，它受到的影响来自各个方面，复杂而且充满不确定性。在市场上打拼的文化产业和文化产品，今天的成功并不能代表明天的成功，甚至今天的成功里也会隐匿着给明天设置下的某种陷阱。集结无疑是公安文学奋力前行的一种保障，但不是唯一的路径，公安文学繁荣发展最根本的保证，还是我们在文学本真上的探索和大胆尝试，是我们对文学所付出的不懈努力。

在 1998 年至 2008 年的公安文学集结期中，非常值得说的还有武和平的两部长篇小说《掩盖》和《污点》。从某种意义上说，这两部优秀作品和《九十年代大案要案侦破纪实丛书》有着一脉相承的创作思路，但在故事虚构化的前提下，在真实案件的合理使用上，取得了突出的成就。可以说，武和平在公安文学的探索与尝试上，有着自己的宝贵心得。

武和平著《掩盖》，群众出版社 2014 年版

武和平，男，河南人，现任全国公安文联副主席，中国作家协会会员。武和平是中国公安作家中最典型的杰出代表。他有着丰富的公安基层工作经验，曾任河南省开封市副市长兼公安局长，在任上组织破获“9·18”开封市博物馆被盗案，闻名全国。他不仅在公安文学创作上有突出的成就，在新闻宣传、舆情控制、公安文化理论研究等方面都是知名专家。

长篇小说《掩盖》，2007 年获得第九届金盾文化工程奖文学奖和第四届全国侦探小说大赛优秀作品奖。长篇小说《污点》，2009 年获得第十届金盾文化工程奖文学奖。这两部长篇小说在从公安文学集结期向公安文学爆发期过渡的时刻先后出版，无疑是公安文学在集结成军之后走向爆发和繁荣的重要信号。

在《掩盖》编者序言中，把小说的主题归纳为“掩盖是比犯罪更大的罪恶”。小说以真实案例为原型，一开篇就将一起

“追查长达六年而无结果的惊天大案”摆到读者面前。作者从多方位描述了“掩盖”的画面，犯下惊天大案的犯罪集团为了掩盖罪行而不断地犯下新的骇人听闻的罪行。不断地杀人灭口，不断地栽赃陷害，将办案人员不断地逼入绝境。如书中办案人员所说：“真想不到，现在搞案子，咱们要在地下，人家倒在地上，办案人员蹲监狱，坏人却在家里睡大觉。”武和平用尖锐的笔触，揭露出了在朗朗乾坤之下，黑恶势力如何能够横行无忌的缘由和后果，起到了振聋发聩的作用。小说《污点》，同样取材于真实案例，描述了一起文物盗窃案历尽千辛万苦终于被破获的故事。武和平在这部小说情节中安插了感人至深的亲情和爱情故事，当时被评论界认为是他“在创作上又上了一个新的台阶”。

其实我们可以从这两部小说中窥见一种清晰的创作脉络，那就是与《九十年代大案要案侦破纪实丛书》一脉相承的，以案件贯穿全书并串联起所有故事情节的创作手法。但不能不说武和平在创作中很好地体现了自己的创作思想和创作意图，他取材于案件，但不拘泥于案件。他在小说中把真实案件完全拆散，再重新“组装”。他充分调动和使用了小说的虚构功能，把原始案件重新构置成全新的故事，并赋予了更深刻的主题和思想内涵。武和平的这两部力作，使传统的公安文学创作手法焕发了青春，也给后来者提供了借鉴。

时至今日，这种以案件为轴心逐渐扩展线索的文学作品样式，仍然是公安文学中重要的一个支派，但大多数公安作家已经在实践中逐步克服了人物跟着事件跑而使得人物相对弱化的缺点，在努力创作着更多人物丰满、故事性强的优秀作品。

第四节　向市场挺进的公安影视创作

1998 年至 2008 年的十年间，是中国电影电视艺术蓬勃发展的十年，也是传统的影视制作模式全面向市场经济缴械的十年。

“自中国加入 WTO 以来，中国电影所赖以生存的客观环境发生了急遽变革，除却内部电影机制重组与调整所产生的排异反应，还面临着好莱坞电影席卷而来的危机与‘被殖民’的威胁。”① 面对这样的重重危机，中国电影艰难前行，以各种形式探索着突围之路。与此同时，电视的发展也日新月异，令人眼花缭乱。传统电视剧在电视专题、电视综艺、电视访谈、电视游戏娱乐等的夹击下顽强生存。“中国电视全面进入了以‘产品’为主导的阶段，节目创新也是围绕着产品来展开。而‘产品’评价标准就转换成它的市场价值的实现。”② 在这样的大趋势下，中国公安影视仍然逆势发展，既充分利用了题材与行政的有力优势，也在适应市场规律上有所作为。

公安题材影视对市场的适应，其实主要体现在编剧环节上（包括在编剧环节中的业务指导、方向把握、政策要求）。因为影视的制作是一种工业化生产模式，更多依赖于专业机构和专业人员，因此公安影视的产出始终是社会资源与公安专业创作的有机嫁接与联合。这样的合作模式，对于公安机关掌控影视作品的导向，公安作家们发挥自己的创作能力，并且对市场有

---

① 云德：《新时期文艺思潮概览》，中国文联出版社 2016 年版。

② 同上。

一个从认识到适应再到逐渐掌握的过程，是大有益处的。

在这一时间段内，公安影视佳作频出。

在电影方面，展现英模邱娥国感人事迹的《阳光小巷》（孙祖平、熊相仔）、表现两名蒙冤民警为自己争得荣誉故事的《疑案忠魂》（张挺）、讲述派出所民警恋爱故事的喜剧电影《警察有约》（徐耿）、以一起杀人冤案真相大白的故事表现女公安局长大智大勇的《大道如天》（刘志钊）等佳作层出不穷。特别是到了2009年，第十届金盾文化工程奖影视奖揭晓，有四部风格各异的重量级公安题材影片同时获奖，这表明了在公安题材电影创作的类型化突破上取得了可喜的成绩，公安题材影视创作在顺利地向市场挺进。

这四部电影是：以排爆英雄于尚清事迹改编，由著名导演高群书执导的《千钧一发》（兰景林），以缉毒英雄吴光林事迹为原型，根据刘广雄小说改编的《缉毒警》（张建栋、刘广雄），根据浙江省湖州市优秀户籍民警王法金事迹创作的《民警王法金》（孟卫兵），根据真人真事创作的反映公安机关纪委保护民警权益故事的《警徽警戒》（冯俐）。

很巧合的是，这四部电影都是所谓“主旋律”影片，都是根据公安机关的真实人物或真实事例改编创作而成。但是，从这四部电影来看，公安题材影片的类型化已初现端倪，导演个人创作风格在其中也开始有了比较鲜明的展现。例如《千钧一发》，可以说是典型的警匪片模式，紧张、激烈、快节奏、强情节，突出真实的感官效果，人物在快速推进的情节中逐渐丰满。导演为了最大限度地展现真实，特意挑选了东北籍的公安民警马国伟出演男一号，完美地呈现出主人公大无畏的英雄气概。而《缉毒警》虽然也是反映惊险、激烈、残酷的缉毒斗争，但导演张建栋却别出心裁地拍出了文艺片的感觉。主人公的梦境展示，黑白与彩色胶片的交替使用，片尾主人公牺牲时的慢镜头，都在紧张中营造出了一种独特的充满艺术味道的悲壮意境。《民警王法金》具有轻喜剧风格，在轻松、欢快的节奏中表现出了户籍民警和群众的鱼水关系。而《警徽警戒》描写了一名因疏忽造成工作失误被追究责任的基层民警，在纪委的关心鼓励下重新站起来的故事。内容基调略显沉重，人物内心世界复杂，叙事风格朴素无华，是很典型的传统样式剧情片。

这几部电影的出现，为十年公安文学集结期画上了一个比较圆满更充满希望的句号，它们从某种意义上说，开启并探索了公安题材影片创作的新途径，为后来公安题材影视创作的爆发打下了良好的基础。

在电视剧方面。1999年，电视剧《面对诱惑》（李宏林）获得金盾文化工程奖影视奖唯一的一等奖。这部电视剧由公安部金盾影视中心拍摄，以辽宁省某地公安机关的真实事件为原型创作，首次在屏幕上表现了公安机关人事制度改革和抵御腐败诱惑的故事。该剧在中央电视台播出后引发强烈反响。除获得金盾文化工程奖外，还获得了中宣部“五个一工程”奖。

同样由金盾影视文化中心拍摄的电视连续剧《警察世家》（魏人、张卫华、张策），第一次以新中国的发展历史为轴线，从祖孙三代人民警察血脉传承的故事角度，表现了在党的领导下，作为共和国忠诚卫士的人民警察，始终不渝地战斗在保卫党和国家利益以及人民群众生命财产安全第一线的崇高使命感。这是一部具有史诗感的影视作品，是第一次从历史的角度叙述人民警察的感人故事。

电视剧《警察世家》，金盾影视文化中心 2001 年出品

电视连续剧《无愧苍生》（修莱荣）也是这一阶段值得一提的优秀剧目。这部剧以黑龙江省哈尔滨市东莱派出所为故事原型进行创作，也是从历史的角度，以故事的生动展现，思考并分析了一个普通的派出所为什么能深深扎根在群众之中，并赢得广大人民群众的拥戴。这部电视剧为修莱荣赢得了第二座中宣部“五个一工程”奖奖杯。

在当下的银幕与屏幕上，有一种现象已经为观众司空见惯，那就是拍摄续集的风气愈演愈烈，甚至有许多压箱底的陈年作品，今天也被翻出来，拍出了内容甚至风马牛不相及的续集作品。关于这种现象众说纷纭，褒贬不一，有人认为是“炒冷饭”，是被利益左右的商业行为；也有人说是艺术的翻新，是重温旧时的温暖。而值得注意的是，早在1998年至2008年的公安文学集结期，在公安题材影视的创作中，已经出现了拍摄续集的形式，并且深受广大观众的欢迎。这可以说是公安文学在影视领域里的另一种集结。

在这一方面最引人注目的，就是电视连续剧《重案六组》（共拍摄了四部）和电视连续剧《水落石出》（共拍摄了五部）。

《重案六组》由著名导演徐庆东与其妻、著名演员王茜共同策划并组织创作拍摄。在第一部创作之前他们曾专门到北京市公安机关搜集整理案例并到刑警部门深入生活。因此，第一部中展现的故事大都脱胎于真实案件。并且由于徐庆东导演在拍摄中坚持使用纪实手法，使得这部电视剧风格粗犷、节奏感强烈。演员表现也非常逼真，尤其是王茜扮演的女刑警季洁，被公认为“最像的女刑警”，轰动一时。随后，《重案六组》便一部一部地拍了下来。由于表演出色，且其中涉及的案件大多能够反映现实问题，折射出许多虽然浅显但切中时弊的哲理，因而受欢迎的程度始终丝毫不减，至今仍是各电视台重播的宠儿。

《水落石出》的创作则堪称公安机关与影视制作单位合作的典范。它的创作方式是由山西省公安厅宣传部门选择素材，组织前期创作，然后由山西省电视台组建拍摄团队进行拍摄，其拍摄过程由公安机关全程提供必要的协助而最终完成。这样的合作经过几部剧的磨合，已经日臻完美，双方都从中获得很好的社会效益和一定的经济效益。山西省公安宣传部门曾应公安部宣传局的要求，在有关会议上就此向全国公安宣传部门作过经验介绍。但是，随着市场化进程的深入，这种只能称作“半市场化”的合作，逐渐不能再适应新形势的要求，双方便都无法再承担市场带来的且不断加大的压力，合作最后只能终止。

还有一部电影和一部电视剧值得一提，那就是同名电影和同名电视剧《任长霞》。它们的同时出现开了影视作品“套拍”的先河。更准确地说，它们不是真正意义上的“套拍”，因为它们是由不同的拍摄单位、不同的创作团队分头组织策划创作的。但它们的出现应该说给影视界提供了“套拍”的思路，也给公安题材影视创作提供了一种集中兵力作战、将文艺的宣传效果努力达到最高点的方式方法。从艺术效果看，电视剧《任长霞》人物塑造丰满，故事编排合理，把电视剧的艺术特征表现得比较准确，比电影《任长霞》略胜一筹。

从这一时期公安题材影视创作的总体情况看，无论是公安系统内的作者还是社会作家，大都自觉地坚持了弘扬中国公安精神、讴歌人民警察英雄事迹的“主旋律”，使得这一创作方向牢牢地控制了公安题材影视创作的导向，生产出一大批政治方向鲜明而且正确的优秀作品。其次，创作者在适应市场经济的发展方面，也做出了大胆的尝试，类型化初现端倪，艺术形式趋向多样，尽管在这方面的成果还不够成熟，但探索意识难能可贵。

但不得不承认的是，由于认识上的模糊和受市场上的混乱情况影响，公安题材影视创作在主流不动摇的同时，也相伴相随地出现了一些乱象。一些小型影视制作单位在不了解政策要求的情况下盲目上马，追风制作公安影视，主观意识上就缺乏严肃认真的态度。一些创作者以获取经济效益为目的，放松要求，放宽尺度，对犯罪行为过度渲染，对血腥暴力无限制展现，对公安机关侦查手段过分暴露，甚至对犯罪分子表现出有意或无意的欣赏和赞美。这都引发了一些批评，为此也出现了要对公安题材影视创作加强限制的呼声。2004 年 4 月 19 日，国家广电总局下发了《关于加强涉案剧审查和播出管理的通知》，从作品审查、播出时间要求，甚至播出平台上都做出了相当严格的限制规定。这一规定，客观上说对当时迅速膨胀的公安题材影视创作形态踩了刹车，一些粗制滥作的所谓作品被淘汰，市场得到了很大净化。但不得不承认，公安题材影视良性发展的主流当时也受到了一定影响。这使得公安题材影视创作的从业者和管理者，不得不重新审视形势，调整战略，摸索新的创作路径和方式方法。

从长远看，广电管理部门的这一纸“禁令”，其实对于公安题材影视创作起到了端正方向、规范行为、提高创作水平的作用，限制不是禁止，在限制的同时，更体现了促进和推动。2005 年，就在《通知》发布不到一年的时候，电视剧《任长霞》在中央电视台播出并受到追捧，以实际表现回应了种种的猜测和误解，也为以后的公安题材影视创作提供了很好的借鉴和启发。

第五节　百花齐放春满园

集结对于公安文学这一时期的发展态势来说是重要的，但集结并不仅仅体现在促进公安文学在创作走势上的趋同和作家队伍的集中上，它在这一时期整个公安文化事业的繁荣发展上，也是一个标志性的定义。1998 年至 2008 年的十年间，公安文化的重要性在各级公安机关层面都得到了越来越高的重视，“新世纪公安文化建设的最大进步是全警的文化自觉明显提升。各级公安机关领导站在全局和战略高度，以新视角认识公安文化建设在公安工作和队伍建设中的重要地位和积极作用，深刻理解和准确把握公安文化为公安队伍建设、为各项公安工作的发展所提供的强大的思想保证、精神动力和智力支持。公安部党委紧跟时代步伐，不断更新理念，与时俱进地提出政治建警、科技强警、文化育警、从优待警、文化强警等一系列新理念，引领和推进公安文化建设全面发展”[①]。在这样的大形势、大环境下，公安文化建设日益活跃，公安文化队伍也随之集结而日趋强大起来。

早在 1986 年，公安部就举办了第一届公安部春节晚会。1992 年，公安部举办了全国首次公安系统大型文艺汇演。1995 年，公安部春节联欢晚会被中央电视台确定为每年大年初二黄金时段播出，从此享誉全国。春节联欢晚会的兴起，再加上自 2006 年启动并每年坚持开展的“公安文化基层行”活动，迅速集结起了广大公安文艺工作者，并极大地推动了歌舞、曲艺、短剧及朗诵诗等艺术形式的创作和传播。在此影响和带动下，公安诗歌、散文的创作也日渐兴盛起来。

公安部主管部门在此时期也采取了许多措施，大力推动公安文艺创作。早在 1998 年，公安部政治部就与中国音乐家协会

---

① 公安部宣传局、全国公安文联：《人民公安文化建设》，群众出版社 2017 年版。

等八家单位联合举办了征集人民警察歌曲的活动，《人民警察之歌》等优秀歌曲应运而生，并一直传唱至今。许多国内优秀的词曲作家，也应邀为公安机关创作了许多耳熟能详的歌曲。2005年的全国公安系统相声小品大赛，催生出一大批优秀的曲艺作品。例如，小品《东边日出西边雨》，以一名女民警和她的男家属之间的情感故事，风趣幽默地展现了人民警察的牺牲奉献精神，因而深受基层欢迎，曾随“公安文化基层行”文艺小分队在全国各地演出数百场，还被推荐为中央领导作了汇报演出。

全国公安文联在推动公安文艺创作的繁荣发展方面也做了大量的工作。自2006年起，全国公安文联每年选派基层管乐队伍参加由中国音乐家协会主办的非职业优秀管乐团队展演活动，借此锻炼队伍，推动基层管乐活动。为此，还多次举办了管乐指挥培训班，请国内著名管乐指挥家授课。2007年，为了推动警察歌曲原创活动，全国公安文联与内蒙古公安文联、内蒙古电视台联合举办了“金盾金曲”警察电视歌曲大赛。这次大赛一直进行到2009年，共在内蒙古电视台播出公安题材电视音乐作品五十部。在2009年11月举行的评审会上，共评审出金奖三个、银奖六个、优秀作词奖四个、优秀作曲奖四个、优秀制作奖二个，有十个单位获得优秀组织奖。为了推动警察原创歌曲的创作，全国公安文联还多次举办过词曲创作培训活动，取到了很好的效果。

可以说，在公安部党委的重要部署引领下，这一时期是有史以来公安文化事业整体发展最迅速，也最活跃的时期。

每年一度的公安部春节联欢晚会，无疑是其中最耀眼、最具代表性的文化品牌。

专家认为："新世纪以来，电视文艺实践逐渐呈现了鲜明的娱乐化、大众化、产业化的特征，适度的娱乐化、大众化、产业化实践有助于电视文艺乃至整个电视生态的发展，而在实践中，娱乐化、大众化、产业化的实践常常因为矫枉过正而变得过度。电视文艺实践的问题，深刻影响着对电视文艺思考的状态。"① 在这样的情况下，公安部春节联欢晚会的意义便显得更深刻、更广泛，也更具时代精神。

电视综艺晚会，无疑是娱乐化、大众化、产业化的产物。1983 年，中央电视台春节联欢晚会播出，立即轰动全国，它的出现，标志着电视艺术面向大众的娱乐功能得以正名，在中国改革开放的进程中向着一个全新的形态迈出了新的一步。应该从此时起，是单纯追求电视的娱乐化，还是强调媒体责任和教化功能，也就同时产生了激烈的争论。而公安部春节联欢晚会的出现，是在这种争论中树立起的一个样板，它展示出了二者有机结合之后的全新效果，为文艺创作者提供了一种新的思路。它在政府主管文艺的传统路径和文艺走向市场、走向娱乐的新浪潮间，找到了突破的方向，创造出了新的平衡。这种平衡其实并不是新的思维路数，而是我们党的文艺方针一贯提倡的寓教于乐在新时期的创新，这种创新的现实意义是重大的。

公安部春节联欢晚会在长期的实践中找到并逐步明确了晚会的基调和主线，那就是：以文艺的形式全面展现全国公安机

---

① 云德：《新时期文艺思潮概览》，中国文联出版社 2016 年版。

关一年来在打击犯罪、服务人民诸方面的工作情况和业绩，讴歌在这一年中广大人民警察牺牲奉献的英雄事迹。这条主线，是在党的领导下公安工作和公安队伍建设的进步；这个基调，是昂扬向上、勇往直前的公安精神。公安部春节联欢晚会在长期的实践中端正了办晚会的社会目的和艺术标准，那就是：以文艺的多种形式向党和人民汇报一年来的工作，并凝聚公安工作精神，鼓舞公安队伍士气，促进警民之间的团结合作。公安部春节联欢晚会还在长期的实践中确定了自己的艺术标准和艺术格调，那就是：欢快、热烈、庄重、健康，中心思想明确，艺术手法多样化，充分体现寓教于乐的方针。

公安部春节联欢晚会的连续举办，还充分发挥出了促进和推动公安文化整体发展的重要作用。围绕春晚的筹备、策划、组织和排演，主办单位有远见地吸收一批公安机关内部的艺术人才积极参与，使他们从中得到锻炼，逐渐成长。而春晚的辐射作用，也逐渐影响到全国各地各级公安机关，凡有条件的地方或单位都陆续参照公安部春晚的模式举办过自己的各种联欢晚会（或称情景报告会）。这样的形势与举措，使公安文艺人才队伍迅速集结、发展、壮大，除了音乐、舞蹈以及晚会导演、舞台设计、节目编排、灯光音响等专业人才外，文学创作，特别是诗歌、散文的创作高潮也随之逐渐兴起。其中一些成绩突出的作者的作品，是与春节晚会的蓬勃发展有直接关系的。

艾明波，男，黑龙江人，曾在公安教育部门工作，后从事公安宣传工作至今，现任黑龙江省公安厅政治部副主任，中国作家协会会员。作为一名公安系统著名的诗人，他的创作与公安部春节联欢晚会、“公安文化基层行”活动密不可分，曾多次担任这类活动的策划或撰稿。艾明波的诗作大多热情奔放、抒情浪漫，且政治意识鲜明，韵律欢快明朗，特别适合朗诵，深受公安基层机关欢迎。

刘青玲，女，广东人，毕业于中国人民解放军艺术学院，曾在部队文艺团体工作多年，现在广东省广州市公安局工作。她是一位集编、导、演于一身的优秀文艺人才。她创作的小品《在路上》《一网打尽》脍炙人口，连演不衰，深受欢迎。她还因在《在路上》中的精彩表演获得中央电视台相声小品大赛的最佳女演员奖。

除此之外，袁瑰秋、徐晓（山东省济南市公安局）、苏雨景、高克芬（北京市公安局）、杨波（山东省烟台市公安局）、卢婴（江苏省宜兴市公安局）、王新（北京市公安局）等创作型文艺人才，都是在全国各级各地公安机关的文艺舞台上锻炼成长，成为公安文化事业的骨干力量。

高克芬，男，北京人，在北京市公安机关工作多年，现在全国公安文联《家园》杂志编辑部任职。中国戏剧家协会会员、北京市作家协会会员。高克芬擅长戏剧小品创作，曾多次获得全国戏剧小品创作大赛的金奖，并被北京市公安局评为“十佳优秀公安作家”。

杨波，男，山东人，现在山东省烟台市公安局工作。中国曲艺家协会会员。杨波痴迷相声创作并自学成材，他创作的相声作品《较量》曾被中国曲艺家协会评选为2014年优秀曲艺作品，获“牡丹奖”提名奖。

卢婺，女，江苏人，现在江苏省宜兴市公安局工作。卢婺是较早涉及网络文学的散文作家，曾获得新浪首届中国博客大赛的最佳博客设计奖的优秀奖，曾是新浪论坛的“十大版主”“十大写手”。

王新，男，北京人，在北京市公安局西城分局、治安处从事宣传工作多年。中国曲艺家协会会员。王新师从著名相声表演艺术家刘洪沂，在相声小品创作、表演上都有成就。后转为影视创作，集编、导、演于一身。因电影《民警夏一笑的快乐生活》获第八届澳门电影节新人导演奖，2019 年导演的影片《阿然》获东京国际电影节新锐电影周优秀影片。王新是第一个把中国公安题材电影带向国际的公安影视创作者。

从某种意义上说，诗歌、散文与舞台艺术的距离似乎较小说、报告文学要小。小说、报告文学与舞台艺术之间大概主要是一个转换的关系，如根据小说作品改编创作舞台剧。但诗歌、散文，在艺术形式本身的特质上，往往和舞台艺术在韵味、节奏、表现手法和创作规律上更有一些相近或相通的东西。因此，我们说公安舞台艺术、晚会艺术的迅猛发展，在一定程度上促进了公安诗歌、散文的创作，是有理论根据也有实践例证的。

这一时期的公安诗歌、散文创作，相较于公安题材小说、报告文学和影视作品的创作而言，尽管已经有了很大的进步，但仍然显得相对薄弱。从整体状态上看，甚至呈现出“一花独放”的现象。在诗歌创作上，侯马（衡晓帆）一骑绝尘，遥遥领先；在散文创作上，鲍尔吉·原野也表现出了超越其他作者的实力。

侯马（衡晓帆），男，山西人。中国作家协会会员。毕业于北京师范大学，在校时即已在诗歌界享有盛名。毕业后进入北京市公安局工作，现在内蒙古公安机关任职。侯马的诗歌创作经历与中国改革开放的进程完全同步，并且以近乎完美的诗歌语言对其进行了充满哲理和想象的叙述。侯马始终是中国诗歌界当之无愧的前沿诗人，“在诗歌森林的土壤培育和诗人自己的辛勤耕种下，侯马诗歌因其简练口语化表达、日常生活叙事和解构特性而独树一帜”①。

鲍尔吉·原野，男，内蒙古人，蒙古族。中国作家协会会员。曾从事编辑工作，现在辽宁省公安厅任职。鲍尔吉·原野的散文在蒙古族文化积淀中寻找到支撑点和切入口，以一种富于民族特色的幽默和抒情构成了优美的文字，也形成了自己的风格。他自己也认为：“一个民族要管好自己的吃、自己的穿、自己的马和牛羊，还要找到自己的文化传承人。”2017 年，鲍尔吉·原野以散文《流水似的走马》获第七届鲁迅文学奖，是公安系统作家获此荣誉的第一人。

除了衡晓帆和鲍尔吉·原野之外，此时的公安诗歌、散文创作还没能在文学的视野之内有更多更好的表现。作者人数不少，但作品相对来说创作理念比较陈旧，个人风格不够鲜明和独特，特别是对于诗歌、散文这样的文学样式与公安题材有机融合的问题，还缺乏深入的研究和创造性的尝试。为了推动公安题材诗歌、散文的创作，2008 年 12 月，全国公安文联依托网络举办了“难忘 2008”全国公安民警诗歌散文大赛，共收到应

① 赵婷：《侯马近期诗歌：用口语叙说生活》，《文学教育》2014 年第 6 期。

征稿件九千余篇，充分表现出了基层的创作热情，也表明诗歌、散文创作在基层公安机关有着广泛的群众基础。经评选，共有九篇作品获得一等奖，十八篇作品获得二等奖，二十七篇作品获得三等奖，四十五篇作品获得优秀奖。在获奖作者中，不乏苏雨景、马青山（吉林省公安厅）、卢嫈、穆蕾蕾（陕西省西安市公安局）、徐国志（河北省承德市公安局）、李树范（辽宁省铁岭市公安局）、瞿海燕（江苏省通州市公安局）等新老诗人、作家，他们中的大多数人日后成为公安诗歌、散文创作的骨干力量。

值得一提的是，在这次征文大赛活动中，古典诗词创作首次被纳入了征集和评选的范围。这样做的初衷，基于对加强公安队伍，特别是广大青年民警中国传统文化教育的考虑。事实上，在全国公安机关各基层单位，普遍活跃着一批古典诗词的爱好者和创作者，其中有老同志，也不乏对中国传统文化感兴趣的青年人。2009 年 10 月 30 日，在全国公安文联的倡导下，全国公安作协诗词分会宣告成立，对公安队伍内部古典诗词的创作与研究起到了推动作用。

谢长虹，女，黑龙江人，满族，在浙江省余姚市公安局工作。中华诗词学会会员。全国公安作协诗词分会首任副会长兼秘书长。谢长虹热爱中国古典诗词的研究与创作，先后出版有《谢长虹诗选》与《采莲集》，并热心于公安系统古典诗词创作的组织和推动工作。

骆浩，男，陕西人，西安市公安局民警。自幼受家学影响，热爱中国传统文化，痴迷于对汉赋的研究和创作，有多篇作品在社会上获得好评，产生重要影响。骆浩同时是一位优秀的画家、书法家。

杨明山，男，辽宁人，现任职于辽宁省公安厅。中国作家协会会员。有《诗未了》《杨明山诗选》等多部作品集问世。他在援藏工作期间创作的诗词集《藏地留痕》受到广泛好评。

刘心莲，女，辽宁人，在公安部某研究所工作。她的诗词曾获得第三届“中国·白帝城”国际诗词大赛金奖。

楚成（涂运桥），男，湖北人，在湖北省武汉市公安局工作。著有《楚成诗词集》《映月楼集》等著作。中华诗词学会会员。

公安文化理论研究，是全国公安文联自成立起就高度重视的一项工作。2005 年 10 月和 2008 年 1 月，全国公安文联先后两次在全国公安机关开展了公安文化理论研究征文活动，并将两次征文的获奖作品分别结集出版。2008 年 3 月，全国公安文联还曾与公安部宣传局共同召开了公安文化建设研讨会，邀请来自全国各地公安机关的三十余名文艺评论工作者，共同探讨公安文化理论研究问题。但是，这一阶段的公安文化理论研究工作，基本上还停留在“大文化”的概念和格局上，研究的课题主要集中于公安文化的性质、特点、发展前景和工作方法上，希望重点解决的仍然是对公安文化的重要性加深认识和理解的问题，以及如何将公安文化建设的理念自上而下深入基层的问题。应该说，这些问题在当时的形势下确实是亟待解决的重要问题，对这些问题的研究探讨也确实起到了推动公安文化建设的重要作用。但是，针对公安文学创作的评论与批评，特别是针对某一作品的解析和探索，在当时的情况下显得相当薄弱。从事这方面工作的同志寥寥可数，研究成果也乏善可陈。

培养公安文艺人才，是全国公安文联的重要职责。为了努力推动公安文学评论工作，使之能够尽早地与公安文学创作的发展势头相匹配，发挥出应该发挥的重要作用，全国公安文联始终重视发现、选拔和培养这方面的人才，并且积极组织或参与公安文学作家的作品研讨会等活动。2007 年，经全国公安文联推荐，云南省凤山县公安民警王晓琳的文章《深入审视多元文化格局的压力和当代警察文化空间的打造》脱颖而出，入选由中国文联主办的 2007 当代中国文艺论坛，王晓琳身穿警服出席了在广州召开的论坛会议，让中国文艺评论界看到了公安文学评论的一线曙光。

在 1998 年到 2008 年的十年集结期即将结束的时候，有两部著作值得我们关注。一是于 2008 年 9 月出版的于洪笙撰写的《重新审视侦探小说》；二是由张友文创作的并于 2009 年 6 月出版的文学评论集《点击公安文学》。《重新审视侦探小说》一书，集中了于洪笙老师多年对侦探推理文学的研究心得与成果，对中外侦探小说的发展脉络、现状与前景，做了认真而有见地的分析。《点击公安文学》一书，则收集了作者日常发表的公安文学评论文章共五十五篇。这部专著的意义，如武和平在其序言中所说："是抛砖引玉也罢，第一个吃螃蟹也罢，至少这是一本公安文学评论专著。至于它的含金量如何，尚需读者仁者见仁、智者见智的评判。总之，它就像一只报春之鸟，使人看到公安文学的满园春色将会不远。"

于洪笙著《重新审视侦探小说》，群众出版社 2008 年版

张友文，男，湖北人，毕业于华中师范大学，任教于湖北警官学院。他在工作之余热心于公安评论的研究和写作。《点击公安文学》一书，既是公安文学评论的开先河作品，也是他的评论处女作。之后，他又陆续出版了《聚焦公安文学》《盘点公安文学》《回望公安文学》等评论作品集。

第五章　挺进高峰：公安文学的成熟期（2008—2018）

第一节　新时期中国文学兴盛的号角

2008年至2018年的十年，不仅是公安文学发展进程乃至中国文学发展进程中最重要的十年，也是中国改革开放事业发展到当今最为关键的十年，是关系到国家命运和民族复兴大业成败的十年。

中国共产党第十八次全国代表大会，于2012年11月8日在北京隆重召开。这次大会召开的历史背景是世界正处在大发展、大变革、大调整的时期，文化在综合国力竞争中的地位和作用更加凸显，增强国家文化软实力、中华文化国际影响力的要求更加迫切。当代中国进入了全面建设小康社会的关键期和深化改革开放的攻坚期。在这样的时代背景下，十八大指出，文化越来越成为民族凝聚力和创造力的重要源泉，越来越成为经济社会发展的重要支撑，丰富精神文化生活成为我国人民的热切愿望。

党的十八大提出的这样的时代主题，在改革开放三十年来所取得的巨大成就基础上，准确地把握住了时代前进中的人民需求和继续前进、深化改革的方向与原生动力，为继续解放思想、坚持改革开放、推动科学发展、促进社会和谐提供了坚强思想保证、强大精神动力、有力舆论支持和良好文化氛围。

特别是会议对文化事业的准确把握和深刻认识，极大地激发了中国文化艺术界的创作热情，有力地推动了中国文学艺术事业的繁荣发展。党中央对文化事业的高度重视和各项重要举措的实施，是新时期中国文化与文学、艺术全面繁荣的最根本的保证和最强有力的支持。在这一时间里，中国文学事业进入了前所未有的良好发展时期。

2014 年 10 月 15 日，文艺工作座谈会在北京隆重召开，中共中央总书记习近平同志出席会议并作了重要讲话。在这篇重要讲话中，习总书记进一步全面总结了中国文艺事业所取得的成就，对文艺工作的重要性进行了深刻的分析和阐述，就我国新时期文艺事业的发展指明了方向，提出了任务和奋斗目标。

这次文艺工作座谈会，无疑是中国文学艺术事业发展进程中的一座里程碑。

习近平总书记在文艺工作座谈会的重要讲话中，非常明确地指出，“文艺事业是党和人民的重要事业，文艺战线是党和人民的重要战线”。在讲话中，习总书记高度评价了文艺工作的重要性，他把中华文化繁荣兴盛的意义提升到实现中华民族伟大复兴的需要高度来加以阐述，他说："文化是民族生存和发展的重要力量。人类社会每一次跃进，人类文明每一次升华，无不伴随着文化的历史性进步。""没有中华文化繁荣兴盛，就没有中华民族伟大复兴。一个民族的复兴需要强大的物质力量，也需要强大的精神力量。没有先进文化的积极引领，没有人民精神世界的极大丰富，没有民族精神力量的不断增强，一个国家、一个民族不可能屹立于世界民族之林。"他在讲话中庄严宣布："当高楼大厦在我国大地上遍地林立时，中华民族精神的大厦也应该巍然耸立。"

习近平总书记在讲话中号召文学艺术界要努力创作无愧于时代的优秀作品。他告诫文艺工作者，"应该牢记，创作是自己的中心任务，作品是自己的立身之本，要静下心来，精益求精搞创作，把最好的精神食粮奉献给人民"。习近平总书记充分肯定"改革开放以来，我国文艺创作迎来了新的春天，产生了大量脍炙人口的优秀作品"，但是，"同时，也不能否认，在文艺创作方面，也存在着有数量缺质量、有'高原'缺'高峰'的现象，存在着抄袭模仿、千篇一律的问题，存在着机械化生产、快餐式消费的问题。在有些作品中，有的调侃崇高、扭曲经典、颠覆历史、丑化人民群众和英雄人物；有的是非不分、善恶不辨、以丑为美，过度渲染社会阴暗面；有的搜奇猎艳、一味媚俗、低级趣味，把作品当作追逐利益的'摇钱树'，当作感官刺激的'摇头丸'；有的胡编乱写、粗制滥造、牵强附会，制造了一些文化'垃圾'；有的追求奢华、过度包装、炫富摆阔，形式大于内容；还有的热衷于所谓‘为艺术而艺术’，只写一己悲欢、杯水风波、脱离大众、脱离现实。”习近平总书记的讲话，振聋发聩，直指当下文艺界存在的各种弊端，并且明确指出：“人类艺术发展史表明，急功近利，竭泽而渔，粗制滥造，不仅是对文艺的一种伤害，也是对社会精神生活的一种伤害。”

习近平总书记在讲话中号召广大文艺工作者要坚持以人民为中心的创作导向。他在讲话中回顾了毛泽东同志在延安文艺座谈会上指出的“为什么人的问题是一个根本的问题，原则的问题”，邓小平同志说“我们的文艺属于人民”，“人民是文艺工作者的母亲”，江泽民同志要求文艺工作者“在人民的历史创造中进行艺术的创造，在人民的进步中造就艺术的进步”，胡锦涛同志强调“只有把人民放在心中最高位置，永远同人民在一起，坚持以人民为中心的创作导向，艺术之树才能长青”。之后，他再次强调：“文艺要反映好人民心声，就是要坚持为人民服务、为社会主义服务这个根本方向”，“人民的需要是文艺存在的根本价值所在。能不能搞出优秀作品，最根本的决定于是否能为人民书写、为人民抒情、为人民抒怀”。

习近平总书记指出：“中国精神是社会主义文艺的灵魂。”“在社会主义核心价值观中，最深层、最根本、最永恒的是爱国主义。爱国主义是常写常新的主题。”“我们要坚守中华文化立场，传承中华文化基因，展现中华审美风范。”

习近平总书记在讲话中还着重强调了要加强和改进党对文艺工作的领导。他说：“党的领导是社会主义文艺发展的根本保证。党的根本宗旨是全心全意为人民服务，文艺的根本宗旨也是为人民创作。把握了这个立足点，党和文艺的关系就能够得到正确处理，就能准确地把握党性和人民性的关系、政治立场和创作自由的关系。”

习近平总书记在文艺工作座谈会上的重要讲话，是新时代中国社会主义文艺工作的指南，它精准的分析和深厚的内涵，对改革开放后中国文艺事业的发展作了精辟的总结，对今后文艺工作的前进方向指明了正确的方向。这篇重要讲话一经发表，就在中国文学艺术界引发了强烈的反响。广大文艺工作者纷纷表示，要以习近平总书记的重要讲话为指南，积极创作出更加优秀的文艺作品，为中华民族伟大复兴的中国梦贡献自己的力量。

习近平总书记在文艺工作座谈会上的讲话在公安文学创作者队伍中同样引发了强烈的反响。2014 年 10 月 23 日，文艺工作座谈会召开仅一周后，全国公安文联即在辽宁省沈阳市召开全国公安文艺工作者座谈会，与会的三十余名公安系统文艺工作者认真学习了习总书记的重要讲话，结合自己的创作实践和公安文化事业发展现状，畅谈了自己的学习体会。

大家认为，公安文化事业的蓬勃发展，恰恰印证了习近平总书记在讲话中对当下中国社会主义文化事业的总体评价。近年来，公安文化建设在各地各级公安机关得到高度重视，“文化育警”的理念已逐步深入人心，并得到了很好的落实。全国公安文联和各省、自治区、直辖市公安文联相继成立后，在行政主管部门的正确领导下，各种文化活动开展得如火如荼，丰富多彩，并取得了优异的成绩。举例来说，仅在文艺工作座谈会召开前后的一段时间里，9 月 20 日，由全国公安文联选派的中国首都警官合唱团在全国“金钟奖”合唱大赛中获得金奖；9 月 25 日，由中国曲艺家协会、公安部宣传局、全国公安文联主办的“向人民报告——庆祝新中国成立 65 周年暨说唱中国梦优秀曲艺节目展演，公安专场隆重上演，广受好评；11 月 4 日，公安文学园地建设座谈会在广东省珠海市召开；11 月 17 日，鲁迅文学院第二十三期青年作家高级研修班（公安作家班）圆满结业；12 月 3 日，全国公安院校第二届“祖国 · 梦想 · 警徽”征文大赛（首届公安院校“青春 · 理想 · 警徽”征文大赛于 2012 年成功举行）颁奖仪式隆重举行……这些成就充分反映出公安文化建设的生机勃勃，这既是公安文化工作者的努力，更是社会主义文化事业蓬勃发展的有力推动，是以忠诚为核心的坚强的公安队伍核心价值体系的正确引领。正如习近平总书记所说：“核心价值观是一个民族赖以维系的精神纽带，是一个国家共同的思想道德基础。”

大家表示，习近平总书记的讲话切中我国文艺工作的发展现状，高屋建瓴地对文艺工作的发展方向、发展路径和所要坚持的精神高度都做出了明确的阐述，提出了明确的要求。讲话鼓舞人心，催人奋进，是新时期我国文艺事业繁荣发展的方向性重要文献。大家还谈道，讲话对于公安文艺工作同样具有重要的指导意义，我国公安文艺的发展同样面临着习近平总书记在讲话中所指出的问题和困惑，我们公安文艺工作者更应认真学习习近平总书记的重要讲话，明确方向，克服浮躁，努力创作，争取早日在已经初步形成的公安文艺高原上，继续攀登公安文艺的高峰。

2014年11月25日，全国公安文联发出了《关于认真学习贯彻习近平总书记在文艺工作座谈会上的重要讲话精神，广泛开展“深入生活扎根人民”主题实践活动的通知》。通知要求各省、自治区、直辖市公安文联要积极组织开展学习近平总书记在文艺工作座谈会上的重要讲话的活动，鼓励和组织广大公安文艺工作者深入生活、深入基层，努力创作出更多优秀的公安文艺作品。

2015年10月29日，经过认真筹备，公安部政治部召开全国公安文艺工作座谈会。全国各省公安机关宣传文化部门负责人、部分公安文艺工作者、部分社会知名文艺家出席了会议。会议再次重温了习近平总书记在文艺工作座谈会上的重要讲话，学习了《中共中央关于繁荣发展社会主义文艺的意见》，交流了各地各级公安机关贯彻落实讲话精神、积极开展公安文艺活动的先进经验，并表彰了全国公安系统文艺工作先进集体和个人。时任国务委员，公安部党委书记、部长的郭声琨同志对会议做出批示，强调要结合公安工作实际，认真学习落实习近平总书记在文艺工作座谈会上的重要讲话，创新公安文艺工作，以人民警察为创作主体和服务对象，打造更多精品力作，筑牢忠诚警魂，培育人民警察核心价值观，构建人民警察共有的精神家园，不断满足人民警察的精神需求。

这次会议对贯彻落实习近平总书记在文艺工作座谈会上的重要讲话精神，推动公安文艺工作的创新发展，进一步发挥了重要的作用。

2015年的一年间，在习近平总书记在文艺工作座谈会上的重要讲话精神鼓舞下，公安文学创作呈现出更加活跃的状态，这种状态充分体现出习近平总书记的重要讲话在公安文学创作活动蓬勃开展中的重要引领和推动作用，体现出各级行政主管部门在积极贯彻落实讲话精神中推出的多项举措所发挥的积极效果，也体现出广大公安作家在讲话精神鼓舞下焕发出的极大创作热情和创作能力。如果将公安文学的发展比喻为滚滚向前的洪流，那么2015年就是这洪流中最激动人心的一个高潮。

在这一年里，除鲁迅文学院公安作家研修班的举办、《啄木鸟·公安文学专号》的创刊外（我们在后面将专门论述），在公安文学的创作实践中，有几项重大活动产生了深远的影响。

推动公安文化理论研究和公安文艺批评的深入开展。2011年12月14日，全国公安文联公安文化理论研究专业委员会成立，旨在加强公安文化理论的研究和公安文艺批评的开展。为扶持公安系统文化理论研究者和评论工作者，2015年3月，全国公安文联与中国社会科学出版社联合，使用公安文化发展基金，推出《琴剑丛书》共五册，收入了宋强的《中国当代公安题材电影研究》、彭耀春（江苏省警察学院）的《中国电影理论与公安影视传播》、李广仓的《叙事与文化：公安小说多维阐释》、张友文的《回望公安文学》和王晓琳的《警察美学的生命话语》。并于同年5月14日，与鲁迅文学院共同为公安基层理论研究爱好者王晓琳举办了作品研讨会。

《琴剑丛书》，中国社会科学出版社 2015 年版

宋强，男，重庆人，任教于中国人民公安大学，现任公安管理学院党委书记。宋强长期从事公安影视创作的研究和公安影视的审查工作，具有丰富的经验和独到的见解。他的《中国当代公安题材电影研究》一书，是对他多年来研究成果的一次总结。

王晓琳，男，云南人，云南省凤庆县公安局民警。热爱公安文化理论研究和中国传统文化的传承发展。有多部理论专著发表。

2015 年 5 月 6 日，由公安部宣传局、全国公安文联共同主办的全国公安文化理论研修班隆重开幕。这个班参照鲁迅文学院的办学模式，全程脱产学习四个月，其间除专家、学者授课外，还安排了深入公安基层开展的实践活动，并由每位学员根据所学知识和实践活动体会撰写了调研报告和理论研究文章，结集出版。

组织公安文学精品力作的创作与推出。由部宣传局牵头组织创作的电视剧《湄公河大案》与电影《湄公河行动》，分别于2014 年播出和 2016 年上映。这两部作品都是根据 2011 年“10·5”湄公河特大案件改编创作，播出和上映之后都迅速成为银屏和银幕上的“爆款”作品，受到社会广泛好评。在此之前，由公安部宣传局主导创作的公安题材影视作品，已经积累了丰富的经验，同名电影和电视剧《任长霞》、电影剧《中国维和警察》《营盘镇警事》等都取得过好的成绩。但电视剧《湄公河大案》和电影《湄公河行动》的成功，则为根据真实案例改编创作影视作品提供了很好的借鉴。特别是电影《湄公河行动》，在 2015 年一年多的筹备和创作期间，主创团队以习近平总书记在文艺工作座谈会上的重要讲话为指导，明确创作方向，在突出英雄形象的基础上，大胆借用商业电影的创作手法和规律，创造了中国警察题材影片的新模式，与同时期的电影《战狼》等一起成为中国新时期电影创作的经典。

2015 年年初，全国公安文联启动了长篇报告文学《国之盾》和公安文化理论专著《人民公安文化建设》的编撰组织工作。早在 2014 年的下半年，由全国公安文联聘请的著名作家蒋巍，就已经按计划为《国之盾》的创作开始了在全国公安系统的深入采访。2015 年 1 月和 4 月，全国公安文联两次召开该书创作研讨会，明确创作意图，确定创作方向。2015 年 5 月 15 日，受公安部宣传局委托，全国公安文联召开了《人民公安文化建设》的第一次选题策划会，在进一步学习习近平总书记文艺工作座谈会重要讲话精神的基础上，对这部理论著作的主题、结构、章节安排等进行了细致的规划，展开了深入的讨论。之后，全国公安文联又先后多次就这部书的撰写、修改组织了多方面认真的研讨。这两部书先后于 2016 年和 2017 年正式出版。

蒋巍著《国之盾》，群众出版社 2015 年版

《国之盾》一书，以 2000 年以来英勇牺牲的公安英烈事迹为主要线索，向读者展开了一幅改革开放时期公安战线的壮丽画卷。作者蒋巍以充沛的激情和恣意挥洒的文字，营造出了感人至深的文学氛围。《国之盾》出版后，全国公安文联组织了报告团，请蒋巍等到公安部机关和公安院校、基层公安单位进行演讲，使文学作品的感染力得到最大的发挥。

蒋巍，男，黑龙江人，曾在黑龙江生产建设兵团参加农业生产劳动，后进入黑龙江省文联系统工作多年，调入中国作家协会后在创作研究部任职，在中国文学创作理论研究上卓有成就。他还是新时期优秀的知名作家，于报告文学、小说、诗歌创作等均有不俗的成绩。

《人民公安文化建设》一书则从公安文化的基本内涵与理性认知、公安文化的传承创新与实践得失、文化强警的基本要义与实现途径、公安文化的发展战略与实施要点等方面对中国人民公安文化事业的发展脉络、发展现状和发展前景进行了梳理和分析、展望，“是一部迄今为止所看到的具有较强思想性、系统性、原创性和重要学术价值、实践应用价值的公安文化理论专著，也可以说是一部增强文化自信、引领当代公安文化建设和促进现代社会公民意识建设和奠基之作”①。

《人民公安文化建设》，群众出版社 2017 年版

---

① 仲呈祥：《一部公安文化理论的奠基之作》，《文艺报》2017 年 7 月 28 日。

完善公安文学创作队伍管理机制。为进一步加强对公安作家的服务与管理，同时为作家们提供更好的创作环境与条件，全国公安文联自2015年年初开始策划并筹备建立签约作家制度，并为此成立了创作室，专门负责此项工作。在前期广泛调研的基础上，经过作家自愿报名、省区市级公安文联初步审核的程序，2015年6月9日，全国公安文联召开了首批签约作家评审会，由七名业内的知名评论家、作家、诗人、编辑等组成的评审组，对全国各地报送的名单进行了认真负责的逐一评审。最终确定了五十一名作家入围，其中经本单位同意，脱产进行专业创作的十八人，不脱产三十三人。其中包括社会特聘作家二人。名单在网上进行了公示。整个过程的每个环节，也都在网上随时进行了公告，做到了公开、公平、公正。2015年8月14日，签约作家代表座谈会在辽宁省沈阳市隆重召开，中国作家协会副主席高洪波、全国公安文联主席祝春林向参加会议的首批签约作家代表颁发了聘书。由此，公安文学创作队伍有了自己的“正规军”，这在公安文学发展的历史上是第一次，它标志着公安文学在整个公安工作体系中的重要地位和作用得到了确认，更显示出公安文学强大的生命力和创造力将会得到更大的发挥，其光辉灿烂的前景让每一位公安作家都充满信心。

2016年11月30日，中国文联第十次全国代表大会、中国作协第九次全国代表大会在北京隆重召开。中共中央总书记习近平同志出席大会，并作重要讲话。在这次讲话中，习近平总书记再次发出号召：“广大文艺工作者要牢记使命、牢记职责、不忘初心、继续前进，同党和人民一道，努力筑就中华民族伟大复兴时代的文艺高峰!"

习近平总书记的号召，既是对中国文学艺术事业发出的动员令，也为中国公安文学的崛起，注入了强大的动力。

第二节　公安文学的高潮渐起

2008 年至 2018 年的十年间，公安文学的发展步入了快车道，不断创造着新的成绩。

让我们回到 2010 年。这一年的 9 月 2 日，在公安部党委的高度重视和直接领导下，全国公安文学艺术联合会召开第二次全国会员代表大会，共有来自全国公安机关和部直属单位的代表一百二十人出席了会议。会议圆满完成了全国公安文联的换届工作。祝春林任全国公安文联第二届主席，蔡安季任名誉主席，侣海岩、李忠信、武和平任副主席。事后又陆续增补王亚茹、安铁军为副主席。张策继任秘书长职务。

祝春林主席上任伊始，即对公安文学的繁荣发展给予了高度关注。2011 年 1 月 19 日，他亲自倡议并主持召开了一个小型座谈会，专门听取公安作家的意见和建议。出席这次座谈会的公安作家有吕铮、李晓重、程琳、宗利华等人，他们从公安文学的现状和未来发展方向、公安作家所面临的困难和困惑等方面畅所欲言，提出了很多好的建议和设想。

会后，祝春林主席当即做出两个重要决定：一是主动和鲁迅文学院协商，争取为公安作家集中办班，加强对公安作家的培养力度；二是与群众出版社合作，在《啄木鸟》杂志的基础上，以增刊形式创办《公安文学专号》，向基层公安文学新作者的新作品倾斜。应该说，祝主席的决定准确地抓住了当时公安文学发展的两个“瓶颈”问题，一是创作水平的提升，二是作品发表渠道的畅通。

与之前相比，公安文学的总体创作水平其实已经有了很大的提高。公安文学创作队伍经历了从沉寂中的苏醒，随着改革开放的潮流逐渐成长壮大，在创作理念和创作手法上一步步地走向成熟，对公安文学的认知有了新的发展，艺术形态也日趋多元而丰富。公安作家们不再仅仅满足于作品的简单发表，而是在作品的文学韵味、艺术水准和对于社会、人性的深刻思考上，开始追求更高的境界。在这种情况下，开拓文学视野，加强系统学习和训练，成为公安作家们最迫切的希望。而新作者的不断涌现，既给公安文学创作队伍提供了强大的后备力量，又因年轻作者的思维、观念更趋活跃而加大了对于培训、研讨和作品发表的迫切要求。

中国作家协会鲁迅文学院，是一所专门招收中青年作家、文学评论家、文学编辑家和文学翻译家等进行研究性学习的专业培训机构。鲁迅文学院有着悠久的历史。它的前身是由文化部与中国文联共同创办的中央文学研究所，成立于中华人民共和国成立不久的 1950 年，1954 年更名为中国作家协会文学讲习所，自 1958 年停办。1980 年恢复办学，于 1984 年正式定名为鲁迅文学院。自 2002 年春季起，创办青年作家高级研讨班，为中国文学事业培养了大批优秀的文学工作者，在中国文学界享有极高的声誉。鲁迅文学院与公安系统有着亲密合作的良好传统，早在1999年，鲁院创办高级研讨班之前，就与公安部宣传局联合举办过公安作家培训班。经过认真的磋商，鲁迅文学院同意与全国公安文联联合举办公安作家研修班。按照祝春林主席的要求，研修班完全按照鲁院青年作家高级研讨班的规格，办班时间为四个月，授课内容与组织形式也完全相同。由于鲁迅文学院教学用房紧张，经与中国人民公安大学协商，办班地点设在了公安大学高级警官培训楼。办班所需经费，也得到了公安部有关部门的大力支持，全部由培训经费划拨，不需学员自己支付。2011年6月22日，全国公安文联祝春林主席与鲁迅文学院常务副院长、著名作家白描先生会晤，最终商定了举办鲁迅文学院公安作家研修班的细节安排。从这一时刻起，全国公安文联与鲁迅文学院的精诚合作，掀开了新的篇章。

2011年8月16日，鲁迅文学院公安作家研修班在鲁迅文学院新址举行了隆重的开班仪式。中国作家协会主席铁凝，中国作家协会党组书记、副主席李冰，中国作家协会党组副书记、鲁迅文学院院长张健等文学界领导的出席，使学员们感受到一种温暖和一种信任。

首期公安作家研修班经过各地公安机关文联组织的推荐报名，再经全国公安文联和鲁迅文学院严格审查筛选，共有三十八名学员经批准正式入学。这三十八名同志，绝大多数来自公安基层单位，其中既有在文学创作上已经小有成绩的紫金（孙震青）、徐国志、李春良（吉林省梅河口市公安局）、牛筱刚（广东省珠海市公安局）、蓝茹（吴何岷，山东省济南市公安局）、林涛（匡后鹏，重庆市公安局）等，也有部分刚刚踏上文学之路的初学者。难得的三个多月高质量集中学习，对于他们的创作理念和艺术追求产生了极大的影响和提升。

李春良，男，吉林人，时任吉林省梅河口市公安局副局长，后任政委。中国作家协会会员。他的创作以长篇小说为主，文字朴素、稳重。反映交通警察工作生活的长篇小说《女子中队》于2014年出版后获得中宣部“五个一工程”奖。在鲁迅文学院首期公安作家研修班学习后，李春良的创作有了新的视角，文学创作水平也逐步提高。2018年，他的长篇报告文学《海兰江畔稻花香》一经发表，就受到广泛关注和好评。

蒋海云，女，河北人，时任河北省石家庄市公安局民警，是一名女法医。中国作家协会会员。她在参加首期公安作家研修班前名不见经传，学习后有了爆发式的进步，作品大量发表，并在结业后加入中国作家协会，成为河北省作协签约作家。她的小说创作融合了悬疑、言情等多种风格，且将自身法医工作的经验和体会自然地融入其中，在曲折起伏的情节中对社会与人性有深刻的剖析。

牛筱刚，男，陕西人，在广东省珠海市公安局工作。中国作家协会会员。牛筱刚的笔名在文学界或许比他的本名更响亮：唯阿。他是公安作家中少有的先锋小说作家，专家曾对他评价为：“基于根深蒂固的旧学修养与宽广而独立的文化视野使他的小说深具小说大家之风范，并被公认为中国七零后先锋小说家中的杰出代表。”从鲁迅文学院首期公安作家研修班结业后，牛筱刚不仅在先锋小说创作上继续探索，还将创作方向转向了公安纪实文学，体现出一名公安作家的责任意识。

臧思佳，女，辽宁人，时任辽宁公安边防总队警官。中国作家协会会员。她是鲁迅文学院首期公安作家研修班中年龄最小的学员。作家研修班给予了她丰厚的文学营养，使她的诗歌创作从幼稚逐步走向成熟，有了质的飞跃。她也是修班结业后加入中国作协的优秀青年公安诗人。

和臧思佳相比，徐国志的诗歌创作更显老练而厚重。徐国志，男，河北人，在河北省承德市公安局工作。他的诗歌有着浓厚的泥土气息，舒缓、沉稳，挥洒自如，与他生活的河北大地有着割舍不断的血脉关系。他是公安诗歌创作的杰出代表之一。可惜的是，2017 年，徐国志因病去世，永远告别了他钟爱的诗歌创作。

林涛（匡后鹏），男，重庆人，任职于重庆市公安局。中国作家协会会员。林涛的诗歌创作起步较早，于 20 世纪 90 年代就已崭露头角。他 1994 年出版诗集《初涉尘世》，1995 年出版诗集《宁静的火焰》，1996 年出版诗集《橄榄色薰风》，之后又连续出版了诗集多部，是公安系统知名的诗人。

许震，男，山东人，自部队转业后进北京市公安局，先后在昌平区分局、户籍处等单位工作。中国作家协会会员。许震的小说作品不多，但自首期公安作家研修班结业后进步明显，代表作为 2012 年出版的长篇小说《警察日记》，中篇小说《厨子建业》也广受好评。

在公安文学创作队伍中，有一批如许震这样的部队转业干部值得关注。他们在军队大熔炉里既受到锻炼，也接受了军旅文学的熏陶和培养，转型公安文学创作后大多能很快进入状态，写出好的作品。在三期公安作家研修班中，这样的同志还有蓝茹、常德丛（新疆区公安厅）、潘吉（江苏省常熟市公安局）、耿一东（上海市公安局）等。在整个公安文学创作队伍之中，这样的同志就更多。可以说，军旅文学不仅与公安文学有着创作本质上的渊源和发展上的继承关系，也不断地为公安文学输送了大批优秀人才。

鲁迅文学院首期公安作家研修班的全体学员，为能有机会进入鲁迅文学院深造，永远心存感激。正如李春良在开班仪式上的表态发言中所说："尽管我代表不了同学们丰富多彩、飞扬灵动的内心世界，但我可以说一句大家都想说的话，我们深深地感谢中国作协、全国公安文联和鲁迅文学院、公安大学的诸位领导和老师，给了我们如此难得的机会！"

学习期间，恰逢中国文学艺术界联合会第九次全国代表大会、中国作家协会第八次全国代表大会在京隆重召开，全体学员列席了会议，亲耳聆听了中共中央总书记胡锦涛同志的重要讲话，深受鼓舞。

经过三个多月的集中学习和社会实践活动，2011 年 11 月 28 日，鲁迅文学院首期公安作家研修班隆重举行结业典礼。就在典礼热烈的气氛中，祝春林主席向中国作协的领导提出了继续开办公安作家研修班的要求。面对研修班取得的丰硕成果，面对祝主席"逼宫"式的请求，中国作协党组书记、副主席李冰同志欣然表示同意。研修班的成功举办，在公安机关内部也得到了普遍的好评。2012 年 2 月 14 日，时任公安部党委委员、政治部主任蔡安季同志在研修班的总结报告上批示："这届研修班办得比较成功。公安部宣传局要与文联一道，组织、指导各地公安宣传部门，充分发挥公安机关英雄事迹突出和人才众多的优势，借助社会力量，多创艺术精品，既向亿万人民群众宣传展示公安工作和公安民警，又教育、感染、鼓舞百万公安民警为人民公安事业而努力奋斗！”

由于鲁迅文学院领导热情邀约第二期公安作家研修班到鲁院旧址办班，而旧址翻修问题却拖延了时间，时至 2013 年 10 月 28 日，鲁迅文学院第二期公安作家研修班仍然在中国人民公安大学高级警官培训楼集中，继续在此开展教学活动。二期班学员共五十人，教学模式和方法仍然按照鲁迅文学院的安排进行。

在这期班中，比较突出的学员有李晓平、崔楸立、张遂涛、张新军、张和平等人。

李晓平，女，吉林人，工作于吉林省洮南市公安局。中国作家协会会员。李晓平的小说创作，比较突出的是其对犯罪心理的细致剖析和精彩描写。她主要的著作是“鬼系列”小说，包括《心中有鬼》《鬼使神差》等。近年来涉足电视创作，有电影《道是无情》问世。

崔楸立，男，河北人，河北省大城县公安局民警。崔楸立以微型小说创作见长，最被读者称道的是他的一批武侠题材微型小说，于只言片语中见精奇。近年来转型创作历史长篇小说，有作品《满江红》。

张新军，男，新疆人，供职于新疆生产建设兵团公安机关。著有散文集《草房子》，曾获得第四届冰心散文奖优秀奖。

张和平，男，北京人，工作在北京市延庆区公安局，现任延庆区作协副主席。中国作家协会会员。张和平以散文诗创作进入文坛，后以长篇小说创作为主，近年来创作有长篇小说《暗斗》《危险名单》等。

在中国作家协会领导的主动建议下，2014年9月10日，鲁迅文学院第三期公安作家研修班开班。这期班在时间上调整为两个月，但课程安排不变。更值得提及的是，由于中国作家协会和鲁迅文学院的高度重视，这一期班正式编入鲁院高级研修班序列，正式名称为鲁迅文学院第二十三期青年作家高级研修班（公安作家班）。本期学员共四十八人，统一入住鲁迅文学院新址集中学习。

连续三期公安作家研修班的成功举办，在全国公安系统，特别是在公安文化工作战线上引发了强烈的反响，也在中国文学界引起了广泛的关注。2014年6月17日，遵照中国作协党组书记、副主席李冰同志的指示，全国公安文联与鲁迅文学院联合召开了鲁迅文学院公安作家班学员座谈会，总结研修班的办学经验与成果，畅谈学习的体会与感受。应邀参加座谈会的同志分两部分，一是参加过历届鲁迅文学院青年作家高级研修班的同志，如李晓重、孙丽萌、吕铮、翟营文（辽宁省营口市公安局）；二是前后两期鲁迅文学院公安作家研修班的学员，如紫金、李春良、蒋海云、苏雨景、张遂涛（福建省厦门市公安局）等。

苏雨景，女，山东人，任职于山东省济南市公安局。中国作家协会会员。苏雨景是公安系统优秀的女性诗人之一，她的诗激情充沛，韵味深长，有着男性诗人的恢宏，又不乏女性的细腻和温柔。她在鲁迅文学院二期公安作家研修班学习之后，在诗作的思想意境上又有了新的思考。用她自己的话说，“在鲁院研修的日日夜夜，思想激荡，精神升华，灵魂滋养，完成了由小我向大我的转变”。

张遂涛，男，河南人，在福建省厦门市公安局工作。张遂涛的小说创作个性鲜明，思想深刻。他的小说集《陌生人来到马巷》入选21世纪文学之星丛书2015年卷。除了小说创作，张遂涛的文化随笔、文艺评论也非常有特色。

在第二届公安作家研修班里，同写小说的张遂涛与纪富强（山东省淄博市公安局）、崔楸立被戏称为“三剑客”，他们在文学创作上的追求各有不同，创作方向也有差异，但他们在小说创作上的努力和所取得的成绩是有目共睹的。

为了了解学员的创作情况，在座谈会上，对与会的十一名学员的创作情况做了一次粗略的统计。计有：长篇小说七部、长篇报告文学二部、诗歌散文集六部；发表中短篇小说五十四篇、报告文学十篇，诗歌一百三十多首……部分作品发表于《人民文学》《中国作家》《当代》《十月》等国家级文学类核心期刊。在第一、第二届公安作家研修班的九十余名学员里，当时已有七名同志被批准加入中国作家协会。

全国公安文联与鲁迅文学院的这三次合作，无疑取得了巨大的成功，对公安文学的发展产生了强大的推动作用，极大地促进了公安文学创作水平的提升。

在长期的教学实践中，鲁迅文学院已经创造性地积累下了丰富的、独特的教学经验，这些经验适用于对作家理论上的引导和艺术上的培养，并且能够有效地启发和引导作家开阔眼界、观察社会、丰富自己的生活积累，激发创作热情。这样的教学方式与经验，对于生活素材丰富但创作理念相对落后、创作水平相对偏低、创作意识相对简单的公安作家来说，无疑是雪中送炭，是对他们懵懂的创作意识最好的觉醒和启动。对前沿文学理论的接受与吸收，对新的创作理念的接触与实践，对文学本质内涵的了解与感悟，是公安作家们参加研修班学习的最大收获。

注重文学体验与公安实践的紧密结合，是鲁迅文学院公安作家研修班的独特经验，是对公安作家本职意识和职业精神的培养和塑造。三期班，三次社会实践活动安排，都选择了公安文化工作开展得较好的先进基层单位，旨在加深公安作家们对公安文化的深入认识和理解，加深他们对公安文化事业的责任意识和职业担当。同时，也通过这样的活动让文学界的同志了解公安工作情况，增进与公安队伍的感情，加深他们对公安工作的正确认识。在听了时任浙江省湖州市委党委、市公安局局长金伯中同志的工作报告后，中国文联全委会委员、鲁迅文学院教研部主任、著名青年文学评论家郭艳女士感慨赋联：“菰城文脉气韵化感福荫千年，湖州民意广场共治惠泽当下。”

通过鲁迅文学院三期公安作家研修班的学习，全国公安系统作家实现了真正意义上的集结成军。这种集结不仅是队伍上的凝聚，更有思想上、价值观上和创作方向上的逐渐趋同，也意味着公安作家们在文学意识上的真正苏醒和逐渐明确。文学创作的个性化特征与公安文学事业的团队意识的有机结合，形成了公安文学独有的核心价值体系和文学创作走向。鲁迅文学院三期公安作家研修班，与陆续参加并结业于鲁迅文学院青年作家高级研修班的学员一起，构成了新时期公安文学创作的主力团队，公安文学事业从队伍上、理念上和创作水平上都日趋成熟，公安文学创作的高潮正逐渐掀起。

第三节　阵地建设，公安文学的家园

2010 年，公安部政治部推出《推动公安文化大发展大繁荣的实施方案》(草案)，其中对促进公安文学的发展推出了多项具体措施，包括提倡设立创作室、编辑公安文学年度精选等。这些具体措施的逐步实施，对公安文学的发展确实起到了重要的推动作用。按照方案的要求，自 2011 年起，全国公安文联与群众出版社合作，启动了年度公安文学精选的编辑出版工作，当年，即出版了 2011 年度公安文学精选中篇小说卷《特殊任务》、短篇小说卷《结案风波》和纪实文学卷《追捕始于新婚之夜》。截至 2017 年，公安文学年度精选先后共出版了 27 卷，基本囊括了历年公安文学出版与发表的最高成就，既对公安文学的发展脉络逐年进行了系统的总结和归纳，为公安文学创作留下了宝贵的历史资料，也为公安文学创作者和爱好者提供了参考和学习的范本。

《2011 年度公安文学精选》，群众出版社 2012 年版

拓宽并巩固公安文学出版与发表的阵地，是新时期公安文学发展进入 2008 年至 2018 年的十年后面临的一个重要问题。在市场经济强烈冲击文学创作和出版事业的大形势下，文学作品的出版和发表越来越成为一个难以纾解的症结。一方面是文学作品创作数量的激增；另一方面是刊物和出版单位的日渐萎缩，或逐渐精英化、自我化，作家特别是业余作家发表和出版作品越来越难，像公安文学这样带有强烈行业特点的文学作品就更容易受到冷遇。当然，公安作家创作水准有待提高，也是问题的一个方面，但市场的冷酷，对于公安文学已经逐渐形成了一种桎梏。公安文学年度精选的出版，对于公安文学的发展脉络梳理功不可没，但于缓解作品发表和出版问题来说，直接帮助不大。为公安文学作者，特别是青年作者创造文学阵地，打造属于公安文学自己的家园，是 2010 年前后我们面临的一个紧迫的问题。

2010 年 9 月 2 日，全国公安文联第二次会员代表大会召开，圆满完成换届工作。2011 年 1 月 19 日，全国公安文联主席祝春林同志亲自主持召开了部分公安作家座谈会，听取公安作家们的建议和意见。随即，在祝主席提议下，在协调鲁迅文学院开办公安作家班的同时，筹备《啄木鸟·公安文学专号》的工作提上议事日程。

随着国家有关报刊体制改革工作的推进，公安部所属群众出版社、中国人民公安大学出版社合并为中国人民公安出版社。经国家有关部门批准，在出版业务分工上，出版书籍仍然可分别使用群众出版社和中国人民公安大学出版社的称号。由群众出版社主管的《啄木鸟》杂志，自 1982 年创刊以来，已经凭借独一无二的办刊宗旨和编辑方针，凭借全体编辑和作者的不懈努力，成为国内唯一的大型公安法治文学月刊，曾获得全国“百强报刊”称号，在国内外文学市场都享有很高声誉。按照祝春林主席的想法，建议《啄木鸟》杂志根据国家出版管理部门的规定，每年增加编辑出版《公安文学专号》，扩大公安文学发表阵地，并且强调，《公安文学专号》的办刊方向应为面向广大的基层新作者和业余作者，旨在鼓励基层公安文学创作。祝主席的提议得到了各方面的赞同和支持，特别是中国人民公安出版社，在时任党委书记、社长杨锦同志的支持下，在《啄木鸟》杂志社社长张曙、主编杨桂峰同志的积极工作下，克服了人力、物力等方面的困难，并积极协调国家期刊主管部门征得其同意，在最短时间内完成了专号的筹备工作。

2011 年 9 月 16 日，在中国人民公安出版社召集的公安期刊理论研讨座谈会上，首次向与会者发布了《啄木鸟·公安文学专号》的办刊目的、办刊宗旨和办刊途径，并征求了各方面的意见和建议。9 月 30 日，《啄木鸟·公安文学专号》（2011 年秋季号）正式出版发行。全国公安文联主席祝春林特意为此撰写了创刊词《放飞希望》：

“一、三十年前，改革开放之初，《啄木鸟》问世，唤来公安法制文学一片春色；今天，在兴起社会主义文化建设新高潮中，《啄木鸟》增刊《公安文学专号》，助推公安文化发展繁荣。此举可贺！岁月如歌，从《啄木鸟》的创办到出版《公安文学专号》增刊，放飞的是百万民警对繁荣公安文化的渴望，记录的是公安文化不断走向自觉和自信的历程。

“二、社会主义文化的发展大势，要求公安文学必须提速前行。实施公安文化发展人才战略和精品工程，《啄木鸟·公安文学专号》应运而生。她承载的重要使命是：发表公安文学新作，扶持公安文学新人。作为新人新作的新园地，《啄木鸟·公安文学专号》将是播种精品佳作的‘苗圃’，培育公安作家的‘摇篮’。据此，我们完全有理由相信，不久的将来，一定会有一批脍炙人口的公安文学力作和蜚声警内外的公安文学名家，在这里生成，从这里起飞。我们期盼着。

“三、放飞希望，收获梦想。公安文学是公安文化的一块高地。她以忠诚警魂的精神特质和剑胆琴心的艺术魅力，跻身于共和国的文学殿堂中，奔流在中华民族血脉里。愿《啄木鸟·公安文学专号》集结起广大公安文学爱好者和警内作家，精心打造出自己的品牌。欢迎所有喜爱公安文学、热衷于公安文学创作的人们，走进《啄木鸟·公安文学专号》，挥洒激情，展现才华，竞显公安文学的壮丽秀美，装点公安文化万紫千红的春天。”

2011 年秋季号的《啄木鸟·公安文学专号》，充分体现了创刊词中阐述的“发表公安文学新作，扶持公安文学新人”的办刊宗旨。尽管也发表有胡玥、张策、艾明波、李迪、鲍尔吉·原野、聂虹影等老公安作家的作品，但更突出的是孙学军（吉林省四平市公安局）、葛波（江苏省南通市公安局）、刘成君、詹文格等人的新作。尤其是孙学军的小说《耳光》和葛波的小说《警花柳米拉》，给公安文学界吹来了一股新风。

孙学军，男，吉林人，现任吉林省四平市公安局宣传处处长，四平市作协副主席。中国作家协会会员。吉林省的公安作家队伍，也是值得研究的一支队伍。在吉林省公安厅政治部原副主任、作家马青山的带领下，吉林省的公安作家如孙学军、李春良、牛力军、李晓平、李金龙（吉林省吉林市公安局）等，都取得了不凡的成绩，且形成了与众不同的一种文学风格。和其近邻“黑龙江公安作家群”不同，“吉林公安作家群”大多将目光投注在吉林地域的风土人情、历史沿革之中，作品不追求金戈铁马大刀阔斧，却多充满民俗气息，生动而厚重。孙学军的中篇小说，多涉及公安机关内部的人际关系和人物的生存境况，注重用不动声色的叙述和真实琐碎的细节来塑造人物，并从中营造出一种耐人寻味的意境。

葛波，女，江苏人，任职于江苏省南通市公安局宣传部门。葛波的小说作品不多，但每一篇都生活气息浓郁，故事与人物设计生动活泼，且有一种幽默感融汇其中，让读者时时忍俊不禁。中篇小说《警花柳米拉》堪称其代表作，把一名从事过交通、户籍和刑警工作的女民警生活中的苦辣酸甜，用跳跃式的活泼语言表现得淋漓尽致，妙趣横生。

截止到 2015 年年底，《啄木鸟 · 公安文学专号》共出版发行了 18 期。自 2016 年起改变了形式和内容，变为视形势需要而不定期地出版《啄木鸟》增刊。变更的原因是多方面的，资金的匮乏，人员的不足，发行渠道的不畅通，等等，困难始终缠绕着《公安文学专号》的编辑发行工作。尽管主办方想了多种办法试图解决，还曾连续召开数次座谈会、研讨会、表彰会，但效果仍不理想。但是，《公安文学专号》在存在的短短四年多中，取得的成绩是有目共睹的，发挥的作用也是显著的。

有一批公安文学新作品通过《公安文学专号》得以发表，一批过去不知名的公安文学写作者通过《公安文学专号》逐渐走向成熟，甚至有一批过去只流传于网络的作品得以被挖掘、被重视。在 2008 年至 2018 年的公安文学十年成熟期里，《公安文学专号》尽管只存在了四年多，但其在公安文学的基础建设上确实起到了不可替代的作用。

刘少一，男，湖南人，在湖南省常德市石门县公安局工作。中国作家协会会员。刘少一是近几年来国内成绩突出的短篇小说作家，他的作品广受文学界关注。但他在《啄木鸟》上第一次发表作品，却是刊登在《公安文学专号》上的短篇小说《打赌》。刘少一的作品在平实中见奇巧，于深藏不露的锋芒中让读者警醒。

张国庆，男，天津人。曾在基层派出所工作，后多年任天津市公安局《橄榄林》杂志编辑、记者。他在《公安文学专号》上发表的中篇小说处女作《子丑寅卯》，调动了他深厚的生活积累，真实反映了基层派出所民警的工作生活情况。小说一经发表即引发关注，并被北方电影集团改编为电影《民警攻略》上映。

代雁，男，北京人。曾在基层派出所工作多年，现任北京市公安局工会副主席。代雁的文字作品不多，但多采撷于他的基层生活积累，特别是他参与创作的电影剧本《神探亨特张》，以强烈的纪实风格获金马奖最佳编剧提名和金盾影视奖。他在《公安文学专号》上发表的散文《留住温暖和希望》，充满深厚情感和怜悯之心。

陈曦，女，黑龙江人。工作于哈尔滨铁路公安局。她是侦探推理小说创作的后起之秀，作品有鲜明的个人风格特点，善于将中国古典文化与现实生活融汇结合，营造出一种独特的迷离伤感色彩。她在《公安文学专号》发表的小说《留白》和《朝颜》，充分体现了她的创作风格。

张遂涛的文化散文《重读荆轲》也发表在《公安文学专号》上。出于办刊方向和读者需求的考虑，《啄木鸟》正刊一般较少刊登散文作品，特别是篇幅较大的文化散文作品。但《公安文学专号》恰好可以弥补其缺憾。给散文和诗歌等其他文学样式留下一席之地，是《公安文学专号》在创刊时就定下的原则。这使如张遂涛这样的散文作品，苏雨景、杨角等人的诗歌作品，谢长虹等人的古典诗词作品，高克芬、王新等人的戏剧小品作品，都得以正式发表。

为了扶持新人新作，《啄木鸟·公安文学专号》对于基层公安机关的文学活动也给予了大量的关注与支持。先后集中选载过珠海市公安局“我在警营”征文活动优秀作品、“爱民固边十周年巡礼——辽宁作家边海行”采风作品、“长征路上的坚守”采风作品等。这些作品都来自基层，生活气息浓厚，直面社会现实，有许多作者是刚刚开始尝试文学创作的基层同志，也有一些作者虽富有创作经验但较少从事公安题材创作。可以说，《公安文学专号》在给他们创作的公安题材文学作品提供发表园地的同时，对于他们的创作尝试也给予了很大的鼓励和帮助指导。

《公安文学六十年作品精选》，群众出版社 2009 年版

长期以来，中国人民公安出版社（含群众出版社、中国人民公安大学出版社）始终是公安文学事业最有力的推动者，是公安文学发表和出版的主阵地。几乎所有的公安作家，都是从这块阵地上开始自己的创作生涯的。多年来，出版社不断策划出新的选题，推出新的精品力作，并注重对公安文学发展进行阶段性的总结和引导。2009 年，在公安部宣传局的指导下，推出《公安文学六十年作品精选》丛书；2014 年，推出了《公安文学名家名作系列》丛书。2019 年，为庆祝中华人民共和国成立 70 周年，大型丛书《中国公安文学精品文库（1949—2019）》经过精心的编纂工作业已出版发行。

《公安文学名家名作系列》，群众出版社 **2014** 年版

《中国公安文学精品文库（**1949—2019**）》，群众出版社 **2019** 年版

在推动公安文学创作，解决作品发表难的问题上，一些有条件的基层公安机关也克服困难，为此做出了不懈的努力。上海市公安局与当地出版部门合作出版的《东方剑》杂志，坚持出版发行至2019年年底，在因故停刊之前，一直是公安文学的一块重要阵地。2008年，吉林省公安文联在省公安厅领导的支持下，创办了公安文学刊物《公安作家》。这虽然是一本内部发行的刊物，但始终坚持以发表作品的高质量为刊物的立身之本，先后发表了一批优秀的公安文学作品。例如，孙学军的《女民警杨大兰的平常生活》，通过对一名中年女民警一天的生活细节描写，在夫妻的微妙关系、孩子的教育苦恼、工作的重重困难和战友之间的纯洁情谊之间，塑造出了人民警察的真实精神境界，堪称佳作。

马青山，男，吉林人。曾在新闻广播部门工作，后调入公安机关，任吉林省公安厅政治部副主任、吉林省公安文联副主席兼秘书长。中国作家协会会员。他是《公安作家》的倡导者和创始人，是“吉林公安作家群”的中坚力量。同时，他也是一名优秀的作家。他创作的长篇小说《大山深处110》《十冬腊月》等，都曾产生广泛影响。马青山不幸于2017年病逝，是为公安文学事业的一大损失。

2018年，吉林省吉林市公安文联与吉林省出版集团合作，推出了《北方公安文学》专辑，目前已经出版三辑。专辑的形式和内容编辑虽然还在摸索之中，但已经显示出了一定的文学水平，正逐渐引起社会各方面的重视。

还值得一提的是，在2008年至2018年的十年间，各地公安机关在公安文学创作的推动上，每每有大手笔动作。例如，吉林省公安文联、江苏省公安文联、新疆区公安文联等，都曾在厅党委的大力支持下，为本省公安作家们结集出版过作品选集。这样的重视与支持，体现的是党委的远见卓识和对公安文化建设的高度重视，也真实地反映出公安文学创作的蓬勃发展形势。正如时任吉林省副省长、公安厅长胡家福同志在为《吉林公安文学系列丛书》所作序言中所说：“这样的文学作品，使人读来，不仅能使广大民警增强做好人民警察的骨气和底气，而且能向社会传递一种正能量，有利于在全社会营造疾恶如仇的浩然正气。”

在上述这些公安文学的组织工作中，各级公安宣传文化主管部门和公安文联组织功不可没，他们既是党委工作部署的积极落实者，又是当地公安文化事业的领军人物，发挥着不可替代的作用。许丽晴，女，江苏人，江苏省公安文联副主席兼秘书长。中国作家协会会员。许丽晴不仅自己坚持创作，还在江苏省公安文学、影视创作的组织工作上创造了卓越的功绩，《江苏公安作家丛书》，就是在她的积极倡导下出版的。像许丽晴这样的众多基层公安文化工作者，他们在基层文学工作中所做出的成绩，值得称赞。

但应该承认的是，公安文学阵地建设目前仍然是我们面前的一道难题，一块短板。这之中涉及的问题较多，也较复杂，很多不利因素也非公安机关一家可以轻易解决。但值得欣慰的是，随着公安作家整体水平的不断提高，社会文学期刊，甚至那些国内的一流期刊，也已经不再是我们面前高不可及的门槛，

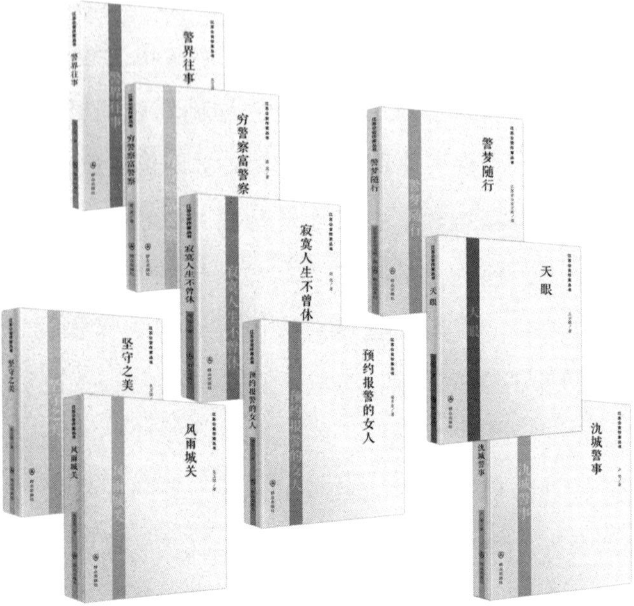

《江苏公安作家丛书》，群众出版社 2014 年版

不再是公安作家望而生畏的高峰。公安文学真正的生命力，正在其对文学本质的孜孜追求中蓬勃地爆发出来。

第四节　公安诗歌、散文创作的崛起

“从历史角度看，改革开放的三十多年，是我们反思自己思想历程的过程，也是中国融入国际社会的过程。新时期文学理论的发展演变就鲜明地体现出这一历史特征。这个时期的文学理论是从重新解读马克思主义经典开始的，是在各种西方文学理论观念促动下不断发展演变的，而这一切又与中国人文知识分子的自我意识、价值诉求紧紧联系在一起。”①

2008年至2018年的十年间，新时期中国文学理论的演变过程已经基本趋于成熟，多种在理论指导下的文学实践也呈现出丰富多彩的活跃状态。许多在改革开放初期尚处在模糊状态的理论和认识逐渐清晰，中国文学走向何方的争论也渐渐有了明确的结论。文学在适应市场需求方面也在痛苦中磨炼出了强大的适应力。中国社会主义文学事业与改革开放相伴相生，共同发展，“我国文艺园地百花竞放、硕果累累，呈现出繁荣发展的生动景象”②。

在这样的大背景下，公安文学也在迅速地成长、成熟，呈现出全面繁荣发展的大好局面。三期鲁迅文学院公安作家研修班的成功举办，既是公安文化领导层审时度势，对公安文学的大力推动，更是在中国文学事业蓬勃发展的大好形势下，公安文学顺势而上的必然发展。就在这样的热潮之中，就在公安机关各级领导对文化建设越来越重视，而鲁迅文学院公安作家研修班的示范引领作用越来越凸显的情况下，公安文学创作队伍呈现出迅速成熟、壮大的趋势。以艾明波、朱维坚、程琳、库玉祥等为代表的“黑龙江公安作家群”，以蒋海云、吴东林（河北省邢台市公安局）、崔楸文、李阳（河北省冀中公安局）等为代表的“河北公安作家群”，以彭祖贻、刘美兰、鲁艺兵（湖北省武汉市公安局）、夏凯（湖北省武汉市公安局）、侯国龙（湖北省武汉市公安局）等为代表的“湖北公安作家群”，已渐成南

① 云德：《新时期文艺思潮概览》，中国文联出版社2016年8月版。
② 习近平：《在文艺工作座谈会上的讲话》，人民出版社2015年10月版。

北掎角之势，逐渐受到关注。以李晓重、王齐君（哈尔滨铁路公安局）、贾文成（内蒙古铁路公安局）、贾新城（哈尔滨铁路公安局）等为代表的铁路公安文学队伍，以独特的魅力遂成劲旅。以张蓉（上海市公安局）、蒋海云、陈曦（哈尔滨铁路公安局）、陈涛（湖北省武汉市公安局）等为代表的侦探小说作家已占据了中国侦探文学的主阵地。以侯马、杨角（杨元礼，四川省宜宾市公安局）、田湘（广西南宁铁路公安局）、蝈蝈（郭海滨，甘肃省成县公安局）、苏雨景、许敏（许正敏，安徽省合肥市公安局）、董瑞光（吉林省延边市公安局）、李尚朝（重庆市公安局）等为代表的公安诗人队伍，业已成为中国诗坛的中坚力量。以刘楚仁（安徽省淮南市公安局）、袁瑰秋、冯锐（黑龙江省公安厅）、连忠诚（河南省郑州市公安局）、胡杰、刘广雄等为代表的报告文学作家群，正坚守着报告文学的阵地。以聂虹影、林纾英（山东省烟台市公安局）、韩秀媛（黑龙江省绥化市公安局）、旷胡兰（江西省井冈山市公安局）、仇恒泉（安徽省淮南市公安局）、吴全礼（宁夏区石嘴山市公安局）等为代表的散文作家在尽情地书写。以雷米、秦明、九滴水（梁淼淼，安徽省淮南市公安局）、马拓（北京市公安局）、天下归元（卢菁，江苏省镇江市公安局）、沧溟水（杨亚玲，湖北公安消防总队）、清明雨（王海燕，浙江省宁波市公安局）等为代表的网络文学作家，已渐成网络大咖。而涉足影视创作且取得了一定成绩的公安作家，也越来越多……

公安诗歌、散文创作的爆发式崛起，是这一阶段值得关注的现象。

在鲁迅文学院第二十三期青年作家高级研修班（公安作家班）里，公安诗人显得格外突出。杨角、田湘、蝈蝈（郭海滨）、周孟杰（山东省淄博市公安局）……他们和一期研修班的林涛、川江号子（王勇，四川省广元市公安局）、董瑞光，二期研修班的苏雨景、许敏、王富举（贵州省遵义市公安局）、逯春生、艾璞（陈谊，浙江省公安厅），还有久已成名的杨锦、侯马、胡丘陵（湖南省常德市公安局）、陈计会等人一起，构建起了中国公安诗歌的天空。就在这三期公安作家研修班的举办过程中，诗人们难得的相聚与交流，萌生出了举办中国公安诗歌节的设想。

这一设想的产生，基于当时公安诗歌创作发展整体向好的现状，而这种现状与中国文学事业的蓬勃发展是密不可分的。公安诗歌的历史沿革可以追溯到20世纪50年代至60年代，以著名诗人张志民为代表人物。张志民的创作中虽有一些公安题材的小说和报告文学作品传世，但其成就最大的诗歌创作，涉及公安题材的其实少之又少。尽管如此，曾长期在公安出版部门工作的张先生，仍当之无愧的是公安文学的先驱者和领导者。而当时的公安诗歌创作，受种种原因的束缚，其声音在中国诗坛上几乎可以忽略不计。公安诗歌的真正发轫，始于“文化大革命”后的文学爆发期，一批老诗人如顾工、柯蓝等发出了压抑已久的呐喊，一批公安机关内部的文学爱好者开始了诗歌创作的尝试。但此时的公安诗歌，愤怒多于抒情，发泄多于思考，于诗歌艺术本身的探索并不深刻，诗歌形式与公安题材的有机融合，更是无从谈起。之后，侯马、杨锦、曹宇翔等当时的诗歌新生力量进入公安系统，谢先云、孙刚、毛诗奇等公安老诗人重整旗鼓，不断推出新作，任桂秋、万箭飞、杨桂森、孙友民、胡玥等公安诗人崭露头角，公安诗歌创作才有了起色，开始有了新的发展。

随着改革开放的逐步深入和文学事业的蓬勃发展，公安诗歌的创作队伍不断壮大，创作理念不断提升和开放，诗歌本身艺术的深度与广度不断拓展，公安诗歌创作逐渐进入了新的发展时期。基于这种情况，对公安诗歌的发展历程和发展前景进行总结和展望，是很有必要的。

2015 年 11 月 9 日至 10 日，经过认真的筹备，首届全国公安诗歌创作研讨会在重庆市隆重召开。中国作家协会副主席、党组成员、书记处书记吉狄马加，中国诗歌学会副会长叶延滨，全国公安文联副主席武和平及来自公安系统内外的诗人、评论家共五十余人出席了研讨会。会议围绕着中国公安诗歌创作的现状和未来展开了热烈的研讨，还首次颁发了公安诗歌成就奖、优秀奖和年度诗人奖等奖项。毫无争议地，成就奖的第一名颁给了已故的张志民先生，以此向这位前辈致敬，并充分肯定了他在中国公安诗歌创作乃至中国诗歌界的影响和地位。

这次研讨会对中国公安诗歌创作的整体情况进行了总结，从理论上和实践成果上对公安诗歌的现状给予了评价和肯定，对其未来的发展方向进行了分析和预测。会议认为，公安诗歌已经从队伍分散、成果零星的状态中摆脱出来，现在已经有了从整体上进行观察与判断的可能。公安诗人已经是一支有相当水准和相当力量的创作队伍。这支队伍呈现合理的梯形结构，除了以侯马、杨锦、艾明波等为代表的第一梯队外，杨角（杨元礼）、许敏、翟营文、苏雨景、沈秋伟（浙江省公安厅）、逯春生、李尚朝、田湘、蝈蝈、林涛、青蓝格格（王晓燕，内蒙古通辽市公安局）、邓醒群（广东省紫金县公安局）、邓诗鸿（江西省南昌市公安局）、陈计会、王富举、武靖东（陕西省汉中市公安局）、周孟杰、穆蕾蕾（陕西省西安市公安局）等中青年诗人组成了第二梯队。这一批诗人普遍正值创作高峰期，激情充沛，佳作频出，以活跃的姿态占据着中国诗坛的一片天地。而耕耘在公安基层单位的一大批诗歌爱好者，构成了公安诗歌创作的第三梯队。在他们之中，如农秀红（广西壮族自治区公安厅）、舟自横（周昊，辽宁省铁岭市公安局）、九渡河（郭梦臣，新疆维吾尔自治区公安厅）、余丁未（湖北省武汉市公安局）、赵琳（湖北省黄梅县公安局）、潘海青（浙江省温州市公安局）等已经有了相当可喜的成绩。

会议认为，公安诗歌的创作水平有了很大的提升，而且在题材多样、流派纷呈、创作理论芜杂的中国诗坛上，独树一帜地展现出了一种充满英雄主义色彩的诗歌风格。这种风格与那些无病呻吟、顾影自怜、低级趣味的诗风形成了鲜明的对比，为中国诗坛提供了一种急需的正能量。会议对公安特色与诗歌特性的有机结合进行了深入的讨论，充分肯定了公安诗歌创作在百花齐放的个人风格特点纷呈的前提下，由共同的职业特性而造就的独特性特征。会议认为，“国家需要这样的忠诚，诗歌同样需要这样的忠诚，也需要这样的誓言与哲理”[1]。

---

① 胡丘陵：《警察诗歌论》，《剑胆琴心谱华章》，中国文史出版社 2017 年版。

全国公安文联编《琴剑诗系》，群众出版社 2015 年版

2015 年的 7 月、11 月和 2016 年的 3 月，结合首届全国公安诗歌创作研讨会的召开，全国公安文联与群众出版社联合组织编辑推出了《琴剑诗系 · 全国公安实力派诗人丛书》共三十一种，分三批出版，共收录了三十一位全国公安系统主要诗人的作品。随后，2017 年 1 月，全国公安文联又在全国公安诗歌创作研讨会征集到的评论文章基础上，组织编辑出版了《剑胆琴心谱华章 · 中国公安诗歌评论集》。

同一时期，公安作家们的散文创作，也越来越凸显出主题的鲜明和技巧的娴熟。2016 年 11 月，全国公安文联组织编辑、由群众出版社出版的《蓝草地丛书》出版，共收录了八位公安系统散文作家的作品集。这八本集子是谷雨（万志远，山东省新泰市公安局）的《谷雨之痕》，韩秀媛的《等风吹来》，谢沁立（天津市公安局）的《纸琥珀》，刘丽（四川省德阳市公安局）的《生死阅读》，红荔的《在你的世界里重逢》，仇恒泉的《你应该和谁在一起》，韩媛（山西省太原市公安局）的《从记忆的窗前经过》和张明（北京市公安局）的《写意人生》。

《蓝草地丛书》，群众出版社 2016 年版

谢沁立，女，天津人，曾在公安医疗部门工作，后调入天津市公安局宣传处。谢沁立的散文比较注重清新文字与感人故事的有机结合，文体兼顾散文与报告文学的模式（有学者认为二者本无区别，散文即报告文学之分支），属叙事散文风格。因此，谢沁立的创作后期向报告文学多有倾斜，有多篇优秀作品如《一个人的墓园》等问世。

韩秀媛，女，黑龙江人，黑龙江省绥化市公安局纪委干部。第七届冰心散文奖获得者。韩秀媛的散文遵循传统，文字朴实无华，但寓意深刻，善于从其生活所在的地域山川、风土人情中挖掘素材和灵感。

谷雨（万志远），男，山东人，在山东省新泰市公安局供职。谷雨的散文别具一格，具有深厚的中国传统文化色彩，多从读书裨益的角度切入，循着文化的发展脉络进行探寻，引经据典，并有自己的深刻思考。他的第一部散文集《拙书堂闲话》，全部内容都是他阅读的心得和相关考证，具有相当高的学术价值。该书曾获得了第二届东岳文艺奖。

由中国散文学会根据冰心遗嘱设立的冰心散文奖于2000年设立。经过多年的努力，已逐渐成为国内具有权威性的散文奖项。从第四届开始，公安散文家开始向该奖项发起冲击。当届，公安散文作家张新军获优秀奖。第五届，林纾英获奖。第七届，公安散文家申瑞瑾（湖南省怀化市森林公安局）、韩秀媛、陈晨（上海市公安局）和童戈（童贤臣，四川省广元市公安局）获奖。第八届，公安散文家艾诺依（北京铁路公安局）、初曰春、韩冬红（河北省邯郸市公安局）、夏晓露（广东省公安厅）和穆蕾蕾获奖。

林纾英，女，山东人，在山东省烟台市机场公安局工作。现为山东省作协签约作家。中国作家协会会员。她的散文作品有浓厚的传统文化底蕴，亦有切身感受和深刻思考。同时，还具备了女性独特的细腻情感和入微的观察体验。

韩冬红，女，河北人，在河北省邯郸市公安局工作。她的散文创作风格朴素，行文流畅、宁静，有一种大家风范。

夏晓露，女，贵州人，工作于广东省公安厅。她是由新闻工作者而转向公安文学创作的典型。也正因为如此，她的作品兼有新闻的平实与准确。同时，她的报告文学创作也有一定的成绩。

穆蕾蕾，女，陕西人，在陕西省西安市公安局工作。穆蕾蕾的创作兼顾诗歌和散文。由于对哲学的兴趣，作品中多有具哲学意味的思考。

值得一提的是，以小说创作为主的张暄，以诗歌创作为主的蝈蝈（郭海滨）等，也都有很优秀的散文作品问世。例如，张暄的散文《母亲的市民之路》获得了首届“孙犁散文奖”。

张暄，男，山西人。任职于山西省晋城市公安交警部门。中国作家协会会员。张暄的文学创作，体现了新时期青年公安作家的特点，更注重个体风格的塑造，在吸收借鉴中外文学经典精髓的基础上，对自己的创作有清醒而明确的追求和约束。

如果说获奖是文学界对公安散文创作的肯定，那么更难能可贵的是公安散文家们将自己对职业的思考充分表达于散文作品之中，从而使自己的散文作品具备了相当独特的一种气质。和公安诗歌一样，公安散文的崛起，源于内涵的丰富和独特，源于其有别于其他作品的一种昂扬向上的感觉。即使是写个人的感受，即使是对山水花草的吟唱，公安散文家所表现出的特殊意味，也在字里行间清晰可见。

这种特殊，来自于公安散文家所处的工作环境和生活环境，是他们在独特生活中所锤炼出的思想的凝聚和意志的坚强。正如公安散文家张新军所说：“我的办公桌上摆着一支微型冲锋枪，我的枕边还有一支手枪，窗外是呼啸的警笛，我在我的办公室里书写我的激情。”应该说，张新军是公安散文家的优秀代表，也是公安作家的优秀代表。

第五节　网络织就的文学新天地

2012年，安徽省公安厅的法医秦明，在网络上发表了他的第一部法医题材长篇小说《尸语者》。当时的他也许并没有想到，仅仅四年过后，他便凭借他的创作获得CCTV“2016年度最具网络影响力法治人物”称号。2017年，他又获得安徽省“十大法治人物”称号。网络传播的威力之大，速度之快，影响之广，令人难以想象。

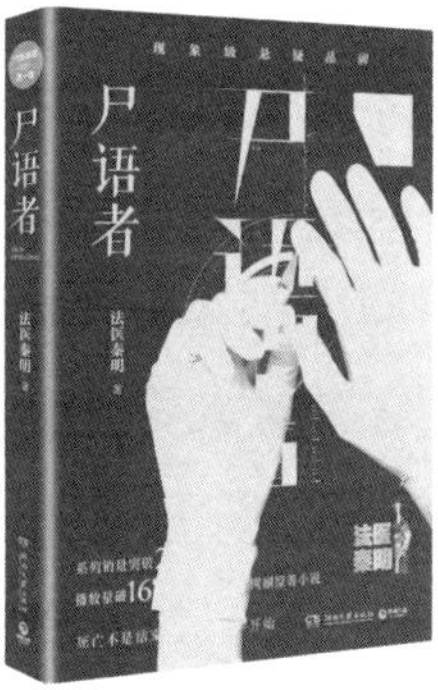

秦明著《尸语者》，湖南文艺出版社2012年版

自1994年互联网接入中国，以网络为代表的高科技手段迅速普及，颠覆了许多我们过去习以为常甚至奉若神明的观念和认知，使我们生活的方方面面都发生了天翻地覆的变化。在文学界，网络文学的诞生和发展也几乎是人们始料不及的事情，“新世纪的第一年成为拐点，网络文学的民间性、草根性，以及

带来的商业化、市场化等特征，引爆了一批怀有文学梦想的年轻人”①。仿佛就在一瞬间，文学创作的基本规律和基本观念，都受到了前所未有的挑战。分析其内在的发展规律，有专家认为：“回顾文学艺术发展的历史，我们会发现，每当它掀开新的篇章，总是伴随着媒体的进步，也就是说，文学艺术的变革总是和传播方式的革新密不可分。众所周知，最新的一次媒体进步当属互联网的出现，它的普及给艺术创造带来了新的契机，进而深入影响到文艺生产机制，引发受众审美情趣变化。”②

早在1991年，北美留学生就创办了第一份中文电子周刊《华夏文摘》，其中少君的《奋斗与平等》被认为是第一篇网络小说。1998年，网络文学在网络上逐渐崛起。而到了2016年，据当时的统计，全中国约有七亿网民，其中有近四亿经常性欣赏文艺作品，涉及文学、电影、美术、音乐、动漫、影像等多种艺术形式。有需求就有产出，网络文艺创作呈现出爆发式的发展繁荣。“网络文艺创作的最大特点是平民化和互动性，因此作品往往具有鲜明的时代特色，接地气，充满活力与朝气。同时，由于网络的开放性打破了创作与发表的壁垒，实现了‘人人都能成为艺术家’的梦想，并由全体网民共建艺术评价体系，使得大众文化视野变得更加开阔，极大地丰富了民众的文化生活，开创了全新的文艺创作时代。”③

在网络文艺创作中，文学创作是其中最重要的一支。特别是网络小说，以其能够迅速适应网络功能的特点而很快成为广

① 肖惊鸿：《丰富世界网络文学创造》，搜狐网2019年8月第7版。

② 马季：《网络新文艺形态的文化价值》，《长江文艺评论》2011年第5期。

③ 马季：《网络新文艺形态的文化价值》，《长江文艺评论》2011年第5期。

受欢迎和争议的独特艺术形式，在中国文坛上炸响了一声惊雷，对传统文学创作体系模式形成了巨大的冲击。

网络小说的“野蛮”生长，源于网络的开放性和自由性特点。特别是网络文学兴起初期，传统的作品发表样式被改变，严格的编辑审核体系无形中被取消，任何人的任何作品都可以随意放到网络上展示。同样，读者也可以随性地对作品发表褒贬意见，甚至攻击谩骂。读者的喜爱程度成为作品唯一的评判标准，甚至成为左右作品创作方向、影响作者创作思路的强大力量。创作不再是个性化的劳动，而成为一种大众狂欢式的文字游戏。这样的形势发展下来，就造成了网络文学，特别是网络小说的几大特点：一是良莠不齐的作品质量。大量的粗制滥造作品在网络上呈现出昙花一现的状态，迅速淹没在网络的汪洋大海之中。二是内容的空洞化、玄幻化。作者为迎合读者的需要，普遍存在随意编造、随意“注水”的现象，动辄数百万字甚至上千万字的作品比比皆是。三是迅速出现了类型化的现象。都市情感、玄幻穿越、悬疑推理、职场风云……逐渐成为网络文学的几大类型。四是出现了以所谓“粉丝经济”为标志的市场化运营体系。

当然，网络文学的优势也不容忽视。一是极大地丰富了传统文学的题材内涵，创新了文学的创作手法；二是紧贴时代脉搏和大众生活，鲜活、尖锐、接地气。这自然也是网络文学受到追捧的主要原因。而随着文学主流对网络文学的认识逐渐明确，宽容与重视程度逐渐增加，网络文学的积极因素在提升，文字质量也在逐步提高，“网络作家凭借自身的坚持和不懈努力，跨过了‘写手’与‘作家’之间的藩篱，赢得了文学界对其‘作家’身份的认同”①。优秀的网络文学作品已经成为中国文学重要的组成和分支。

在公安文学的领域里，网络文学的发展途径和整体网络文学的发展略有不同。随着改革开放的不断深入，公安工作的发展越来越多地依靠科学技术的进步，以网络为标志的高科技手段不断进入公安工作的视野之中，并迅速成为公安工作和公安队伍管理的重要支撑。同时，随着公安队伍的年轻化，大批具备科技知识和文化知识的青年走进公安队伍，他们对科学技术的进步有着极大的热情和学习的渴望。在这样的大形势下，公安思想政治工作和公安宣传工作的网络化水平在各级领导的支持和重视下不断提升，几乎是顺理成章的事情。在每一个公安机关的内部网站和公开网站上，大都会开辟有文化专栏，众多基层公安文学爱好者被鼓励着在这些专栏上撰写文章，发表作品。这便形成了一支数量不可估计的庞大队伍。尽管这支队伍文字还很稚嫩，体裁也多限于小体量的诗歌、散文，甚至一些作者创作的目的并不明确，但这客观上构成了公安题材文学活跃的后备军。更值得注意的是，这支后备军起步于网络创作，他们对于网络的敏感与熟悉是公安文学前辈们望尘莫及的事情，他们对于公安基层工作的认知和掌握也比他们的前辈更直接、更痛切、更准确。

这样一支直接来自公安基层，得到领导支持鼓励，有热情、有文字基础和群众基础的创作队伍，是公安网络文学创作中不容忽视的一种独特现象。许多知名的青年公安作家，都在这样

① 云德：《新时期文艺思潮概览》，中国文联出版社 2016 年 8 月版。

的创作中经过磨炼得以成长。随着网络技术的不断进步，微信公众号等文学艺术新平台逐渐出现并成为主流，公安网络文学创作也逐渐呈现出更多样化的活跃状态。

2014年4月21日，在公安部有关部门领导的支持下，由全国公安经侦系统八位基层青年文学爱好者自发建立的文学公众号“超级小青年”开始了第一次作品发布。到2019年9月3日，这个公众号已经坚持发布了一千期，成为在社会上特别是在公安系统有了一定影响力的文学阵地。在五年多的时间里，“超级小青年”的实践丰富了网络文学的创作模式，在这个公众号里，除了诗歌、散文、小小说之外，他们还“跨界”尝试过动漫等形式，在文章的写作手法上也有不少适合年轻读者的突破性试验。“超级小青年”的骨干作者花辞树（陈悦蔚）、母鸟鸟（王维，山东济南市公安局）、范小天（范慧鹏，河南省公安厅）、李倩（湖南省株洲市公安局）等，已逐渐成长为公安文学的新生骨干力量。“超级小青年”现象是公安文学创新发展的一个新方向，是公安文学趋向年轻化、网络化的一个标志。

当然，如“超级小青年”这样“短平快”式的文学创作，也不可避免地会呈现出碎片化的状态。文学评论界对此一直存在争论，甚至有学者否认这是文学作品。应该承认，碎片化是受科学技术的限制而存在的，但也在思维方式上影响着创作的模式，甚至动摇着文学的传统基础。它和网络文学另一种被诟病的现象“注水”，俨然成为网络文学发展在篇幅问题上的两极。我们当然希望，随着科技的发展进步，更随着读者的需求增加，碎片化现象终将得到缓解，直至消除。但对此现象的研究，有助于我们对当下文学某种形态的掌握。

不管怎么说，网络文学终究已经是我们要面对的、不可视而不见或给予否认的文学新趋势。而且，应该说网络文学在公安题材文学的发展上，有着不同于其他文学题材的某种优势。公安题材特有的激烈、曲折、悬疑色彩和英雄主义核心价值体系，与网络的传播优势一旦结合，势必产生出巨大的能量，也培养出超高人气的网络“大咖”。

雷米，男，本名刘鹏，辽宁人，中国刑事警察学院教师。雷米“精通犯罪心理学和刑侦学，洞悉形形色色的罪恶，甚至超过自己的掌纹”。他的第一部长篇小说《心理罪之城市之光》发表于 2007 年，引起关注后被誉为“中国心理犯罪小说第一人”。雷米在创作中融汇了他所教授的犯罪心理学理论，以深刻揭示罪犯的隐秘心理见长。

雷米著《心理罪》，重庆出版社 2007 年版

秦明，男，安徽人，任职于安徽省公安厅，从事法医工作。中国作家协会会员。2012 年，秦明开始以自己丰富的法医工作经历为素材，进行网络文学创作，同年发表小说《尸语者》引起轰动。他的小说汲取了国外作品的精髓，并对行业文学的样式进行了丰富，构思精巧，人物生动，特别是大量使用法医知识，使每一个故事都有扎实的基础和全新的细节。

天下归元，女，本名卢菁，江苏人，任职于江苏省句容县公安局。沧溟水，女，本名杨亚玲，湖北人，任职于湖北省宜昌市公安消防支队。大概是出于女性的本能，她们二位的创作都侧重于以女性为主角、以爱情为主题的历史题材，文字优美，情感细腻，在网络上都享有盛誉。

除上述几位优秀作家外，如卢婺、清明雨（王海燕）、滕萍（叶萍萍，福建省厦门市公安局）、马拓、九滴水（梁森淼）等人，也都在网络文学的创作上取得了不俗的成就。

值得关注的是，在网络文学的类型化进程中，惊悚、悬疑始终是生机勃勃的一类，而在以秦明、雷米为代表的公安侦探推理小说占据主流位置的前提下，一批年轻的、没有从事甚至接触过公安工作的作者，凭借他们丰富的想象力和对西方同类型作品的借鉴甚至模仿，也推出了大量的侦探推理作品，并吸引着众多年轻的读者。这些人的作品总体看良莠不齐，有的偏重吸收和继承传统；有的却天马行空，脑洞大开；也有的逐渐趋向胡编乱造，单纯展示犯罪，歪曲甚至丑化人民警察形象。对于这样的网络文学创作，理应在扶植的同时加以引导，既尊重作者的创新意识，又坚决地端正他们的创作价值观。

第六章　硕果可期：公安文学的未来充满光明

习近平总书记在接见全国公安系统英雄模范立功集体表彰大会代表时深情地说道："这些年来，每当看到公安民警舍生忘死、感人肺腑的事迹，我都深受感动；每当听到公安民警在血与火、生与死的考验面前赴汤蹈火、流血牺牲的消息，我都深感心痛。广大公安英雄模范身上体现的忠诚信念、担当精神、英雄气概，是中华民族伟大精神的真实写照。我讲过，当高楼大厦在我国大地上遍地林立时，中华民族精神的大厦也应该巍然耸立。"

习近平总书记的讲话，充分肯定了全国公安机关和全体公安民警的工作业绩，肯定了公安英雄模范在其事迹中体现出的崇高精神，也为充分宣传、展现和发扬这种精神提出了更高的要求。这一要求，对于发展中的公安文学事业来说，是前进方向的明确，更是思想内涵的确定。

公安文学的未来充满光明。

第一节　深化改革是公安文学发展的坚实基础

中国共产党第十九次全国代表大会于2017年10月在北京隆重召开。中共中央总书记、国家主席习近平在会上作了题为《决胜全面建成小康社会　夺取新时代中国特色社会主义伟大胜利》的报告。这份报告从头至尾贯穿了继续深化改革开放创新的重要指导思想，明确提出：不忘初心，牢记使命，高举中国特色社会主义伟大旗帜，决胜全面建成小康社会，夺取新时代中国特色社会主义伟大胜利，为实现中华民族伟大复兴的中国梦不懈奋斗。

在党的十九大精神的鼓舞下，全国各行各业迅速掀起深化改革的热潮。各项体制改革、制度改革的措施不断推出，在经历了四十年改革开放之后，中国特色社会主义的思想体系和理论体系更加成熟，改革开放的意识更加深入人心，深化改革的动作也越来越大，越来越见成效。

党中央、国务院对公安工作高度重视，对公安队伍建设十分关心。党的十八大以来，习近平总书记等中央领导同志多次听取公安工作汇报，并就深入推进公安改革、进一步加强和改进新时期、新形势下的公安工作和公安队伍建设做出重要指示。2018年9月，《关于全面深化公安改革若干重大问题的框架意见》及相关方案，经中央审议通过。这个方案聚集三大方面，即：着力完善现代警务运行机制，提高社会治安防控水平和治安治理能力，提高人民群众的安全感；着力推进公安行政管理改革，提高管理效能和服务水平，从政策上、制度上推进更多惠民利民便民新举措，提高人民群众的满意度；着力建设法治公安，确保严格规范公正文明执法，努力让人民群众在每一项执法活动、每一起案件办理中都能感受到社会公平正义。这个方案提出了七项重大改革任务，涉及国家安全工作机制、社会治安管理体制、公安行政管理、执法权力运行机制、公安机关管理体制、人民警察管理制度和警务辅助人员管理等方面。

同样，文化体制和文学体制的深化改革，也在不断地向前推进。2017 年 5 月 4 日，中共中央办公厅印发了《中国作协深化改革方案》，方案强调了中国作协深化改革的重要意义，指出要紧紧围绕党和国家工作大局及中央全面深化改革总体部署，强化中国作协深化改革的责任和担当。通过全面深化改革，进一步明确任务，转变职能，优化结构，创新举措，真正把中国作协建设成对广大作家和文学工作者有强大吸引力凝聚力的群团组织，团结带领广大作家和文学工作者推出更多无愧于民族、无愧于时代的文学精品。

在这两个改革方案的推动下，一段时间以来，改革成为公安工作和文学创作的共同关键词，一系列的新举措、新制度、新机制不断出台，这无疑对公安文学的创新发展提出了新的思考方向和创作方向，也提供了大量新鲜、丰富的创作素材。

深化改革的浪潮，冲击着公安文学作家们的思想和视野，也为他们的创作打下了坚实的基础。

我们可以以青年公安作家吕铮为例。2019 年，吕铮同时于第四期的《当代》与第四期的《十月》上分别发表了长篇小说

《无所遁形》和《谜探》。我们除了赞叹吕铮创作精力的旺盛之外，更应该把吕铮的创作视为在深化改革中的公安文学新探索。吕铮的创作，为我们提供了一个新时期公安文学创作的样本。他的敏锐观察和写作实践，都有经验可循。

深化改革为公安文学提供了全新的思维方式。深化改革触动了公安体制、机制的深层次，从思想层面和操作层面都进行了很大的调整和变化。这种调整和变化目的是更有力地发挥出公安机关的各方面效能，为社会治安提供更有力的保障，最大限度提高人民群众的安全感。而这样大动作的调整和变化，使公安文学的创作面临了从创作思维层面开始的大变革。公安文学应该不应该在这场改革大潮中有所作为？公安文学如何反映这场波澜壮阔的改革大潮？都是摆在公安文学作家们面前的重大课题。

这些课题的存在，将逼迫公安文学作家们不得不开始思考许多他们过去认识不够清晰的问题，努力摆脱陈旧的创作模式，重新认识他们似乎曾经很熟悉的公安工作。这种认识和思考，是全方位的，是从创作主题，到故事构架，再到人物塑造、语言运用等涉及文学创作的所有环节和内容的。

深化改革使公安工作日趋规范化、标准化，科技含量也越来越高，甚至许多新警种陆续出现，并成为新时期公安工作的骨干力量。而随着改革开放的深入和人民群众生活水平的提升，一些新型犯罪也逐渐成为犯罪形式的主体。如何对上述情况进行文学性的描述和分析、批评，公安文学作家们还有许多事情要做。换句话说，在他们面前，公安文学的丰富性正日益向他们展开，未来公安文学内容的更加丰富是可以预见的。

例如吕铮的新作《无所遁形》，第一次对图像侦查工作进行了比较详尽的描写和展示。而图像侦查正是在深化改革的过程中逐渐在刑侦工作中越来越发挥出重要作用的侦查手段。更值得我们注意的是，吕铮并不是仅仅简单地展示图像侦查的过程和作用，他更关注图像侦查等新的工作手段给公安工作和从事公安工作的人们带来的思维方式的变化，并将这种变化用生动的故事表现出来。坦白而言，在近期公安文学创作中反映到新手段、新方法和新型犯罪的作品也有一些，但都或多或少地存在着故事变了而故事里的人没有变的情况。在我们的公安文学作品里，人物形象塑造仍然沿袭着老一辈公安人员的形象和思维方式，鲜有极富新时期特征的青年一代人民警察的形象出现。用陈旧思维讲新型故事、写新型人物，存在遗憾是必然的结果。

吕铮著《无所遁形》，四川文艺出版社 2019 年版

值得庆幸的是，如吕铮这样对改革具备高度敏感性的青年公安作家正在思考与实践中走向成熟。如张暄、刘少一、朱皮(朱建平，浙江省绍兴市公安局)、王向明（江苏省扬州市公安局)、聂耶（湖南省株洲市公安局)、张遂涛等等，都在自己的创作实践中努力捕捉着时代脉络的跳动。

还值得一提的是，随着依法治国方略的推进，法律逐渐深入社会生活的方方面面，人民群众的法律意识不断增强，公安机关人民警察的执法意识和执法方式更是不断地产生变化和改进。从文学创作上看，凡现代题材的文学作品（甚至包括一些所谓“年代剧”“古装剧”），或多或少都会涉及法律层面的问题和细节。特别是影视创作，近年来公安题材影视作品的审查难度越来越大，主要问题就是相关法律的描述和应用越来越复杂。可以看出，我们在这方面还存在不适应的问题，管理方法相对滞后，这需要我们深入研究探讨并不断实践。

但是，我们应该清醒而乐观地看到，公安工作的深化改革必然会越来越深刻地影响到公安文学的创作方向与创作格局，新的工作模式和新的工作方法，也必将带来诸多新的创作素材和新鲜感人的故事与人物。公安文学随着时代的变化而变化是不可逆转的潮流所向。因此，相信会有越来越多的公安文学作家，会敏感地捕捉到这种改革带来的巨大变化和深刻影响，坚持深入生活的创作方针，创作出更多反映时代、紧贴生活的优秀作品。

总而言之，改革开放的不断深入，为公安文学事业的繁荣发展从形势上、思想上和举措上都打下了坚实的基础，提供了有力的保障。公安文学事业必然和整个公安工作一起，迎接腾飞的明天。

第二节　公安文学的地位和作用日益提升

“文运同国运相牵，文脉同国脉相连。”① 随着改革开放的不断深入，中国特色社会主义建设不断取得新的成就。经济高速发展，人民安居乐业，国家硬实力和软实力都不断提升。在这样的大好形势下，文化的发展繁荣成为一种必然，它既是经济发展的产物，更是经济发展的强大原生动力。

以习近平同志为核心的党中央高度重视文化建设。继 2014 年 10 月 15 日在文艺工作座谈会上发表重要讲话，为新时期文艺工作指明方向之后，又在 2016 年 10 月的中国文联十大、中国作协九大开幕式上讲话，号召全国文艺工作者“要牢记使命、牢记职责、不忘初心、继续前进，同党和人民一道，努力筑就中华民族伟大复兴时代的文艺高峰”！2019 年 7 月，在中国文联、中国作协成立七十周年之际，习近平总书记又致信中国文联、中国作协，表示热烈祝贺，并向全国广大文艺工作者致以诚挚的问候。习近平总书记在贺信中充分肯定了我国广大文艺工作者在新中国成立七十周年来“响应党的号召，积极投身社会主义革命和建设、改革开放伟大实践，创作出一批又一批脍炙人口的文艺作品，塑造了一批又一批经典艺术形象”，并再次强调：“文艺事业是党和人民的重要事业，文艺战线是党和人民的重要战线”，给广大文艺工作者提出了要增强“脚力、眼力、脑力、笔力”的要求，发出了“记录新时代、书写新时代、讴歌新时代”的号召。

① 习近平：《在中国文联十大、中国作协九大开幕式上的讲话》，人民出版社 2016 年版。

时代呼唤文艺，在中华民族伟大复兴梦想走向实现的今天，文艺必然担当起更加光荣也更加重要的神圣使命。在党的号召下，文艺工作近年来越来越受到各级党委、各地政府的高度重视，各项有利于文艺创新发展的举措不断推出，对文艺工作和文艺工作者的政策倾斜和相关资金投入不断加大，文艺工作者的地位和作用日益凸显，文艺创作呈现繁荣发展的大好形势。

在公安机关，公安文学的创作也得到了越来越大的重视。除了全国文学事业发展大好形势的影响促进之外，这种重视的缘由还有两点：一是“文化育警”的理念逐渐深入人心，已为各级公安机关领导层所接受，进而将公安文学视为公安思想政治工作的重要抓手和组成部分；二是对公安文学的宣传功能认识更加清晰，并将其视为公安宣传工作的一部分，将公安作家等同于公安宣传干部给予支持和关心。关于文学的宣传功能，有不少专家学者执否定态度，认为文学就是文学，而宣传的政治属性使其应该远离文学。这种看法是片面的。文学的宣传功能当然不能如新闻宣传那样直接，那样鲜明，但文学作者、文学作品的态度是客观存在着的，它必然产生一定的宣传效果。特别是如公安文学这样的带有强烈职业文学属性的文学，它对本行业的态度，对本行业的表现，对本行业的褒扬，都是在作品中不可能避免的。今天的公安文学，我们已经越来越明确地将英雄主义定调为其主题，对英雄主义的大力弘扬就更是我们应该坚持并大力提倡的创作方向。

因此，公安文学逐渐得到重视，是时代的要求，是职业责任的要求。它为公安文学和公安作家开辟了广阔的天地，提供了前所未有的条件，也提出了更高的创作要求。

2018 年下半年，由公安部刑侦局主导，全国公安文联与群众出版社合作组织创作了报告文学集《中国刑警》。至 2019 年年底，这部报告文学已经先后出版四卷，社会反响强烈。从这部报告文学集的创作过程看，完全体现出领导重视、相关部门组织、公安作家踊跃参与的良好运作模式。公安部刑侦局提供了以全国“百佳刑警”为主的采访对象，提供了采访的所需条件和资金支持；全国公安文联提供并组织了以系统内中国作协会员、全国公安文联会员为主的作家队伍；群众出版社负责稿件的质量把关和书籍的编辑、出版、印刷流程。《中国刑警》的高质量出版，充分代表了公安文学在当下及今后的创作走向与创作水准。在高扬英雄主义主旋律的激昂中，也体现出对创作水平的严格把控和对作者的培养训练。《中国刑警》不仅为刑警队伍树碑立传，也培养锻炼了公安文学创作队伍及至编辑队伍，使长期以来水平相对低迷的公安题材报告文学创作，整体上了一个新台阶。

《中国刑警》，群众出版社 2018 年版

这种文学创作组织形式，最早始于20世纪50年代，在新时期形成规模。2008年5月12日，四川省汶川地区发生强烈地震，震后公安部宣传局与全国公安文联立即组织了部分作家、画家奔赴灾区，采访创作。应该说，由于时间的匆忙，准备工作不足，灾区情况也比较困难，这次创作组织活动成效不够显著。2009年11月5日，中国作协、公安部监管局、公安部宣传局、全国公安文联又共同启动了“中国作家进警营——走进看守所”活动。这次文学创作活动，是公安机关组织同类活动中比较成功的一次。活动历时一周，邀请了九名系统外著名作家走进北京、湖北、辽宁、河南四地的公安监管部门进行采访创作。这次活动的主要收获是李迪的长篇报告文学《丹东看守所的故事》和孙晶岩的长篇报告文学《中国看守所调查》。

李迪著《丹东看守所的故事》，群众出版社2011年版

孙晶岩，女，山东人。著名军旅作家，创作以长篇报告文学为主。她的法治题材创作除《中国看守所调查》外，还有长篇报告文学《中国女子监狱调查手记》。

应该说，这次活动对于公安题材文学创作的新的组织模式，进行了有益的、成功的探索。之后，这种组织模式逐渐在全国公安系统推广开来，形式逐渐多样，组织日趋成熟。例如 2016 年，为纪念中国红军长征胜利八十周年，全国公安文联别出心裁地组织了一次题为“长征路上的坚守”的主题创作活动，组织全系统比较成熟的散文作者，沿当年红军长征的路线，走访各地优秀基层民警，探寻他们在当年红军走过的地方工作所感受到的心灵洗礼。这次活动，组织者更注重了对文字水准的高标准要求，强调摆脱传统陈旧的创作手法，突出对人物内心世界的探寻和对作品文字的雕琢。这次活动收获了一大批主题鲜明、文字优美的散文作品，如蓝茹的《相隔一座桥》、韩媛（山西省太原市公安局）的《那些人，那些事》、初曰春的《沙棘红了》、陈晨的《为漏雨的世界打上爱的补丁》、吴全礼的《六盘山上那面旗》、穆蕾蕾的《最为美好的坚守》等。

《长征路上的坚守》，群众出版社 2017 年版

值得我们注意的是，从“中国作家进警营——走进看守所”，到《中国刑警》的诞生，在十年的时间里，在各级公安机关领导的关心下，公安系统自己的作家队伍迅速成长，公安文学事业越来越受到重视和支持，创作水平也越来越高。而且，这种飞速进步的趋势正势不可当地向前推进，无可争议地证明了公安文学的发展前景一片光明。

2018 年，继首批全国公安系统签约作家签约期满之后，经全国公安文联主席办公会批准，经过报名、初审、专家评定、公示等环节后，共一百零八名同志通过审查，成为全国公安系统第二批签约作家。他们的创作方向涉及小说、散文、诗歌、报告文学和影视等各方面。签约作家制度在公安机关的始创与推广，使全国公安系统有了自己的专业创作队伍，一批优秀的公安作家得以有更充沛的时间和精力，去创作更优秀的文学作品。他们是全国公安作家队伍的骨干和代表，他们的创作必将结出丰硕的果实，他们的存在也证明了公安文学事业的兴旺发达。

中国文联、中国作协主席铁凝同志在一篇题为《与人民一道前进——新中国文艺的初心和使命》的文章中说：“这伟大的时代呼唤着杰出的作家艺术家，我们必须站得更高、看得更远、想得更深，与人民一道前进，为时代画像、为时代立传、为时代铸魂，努力创作无愧于时代、无愧于人民、无愧于民族的精品力作，为实现‘两个一百年’奋斗目标，实现中华民族伟大复兴中国梦作出更大的贡献。”她的话代表了全国文艺工作者的心声，也代表了公安文学创作者的心声。在实现“两个一百年”

目标的奋斗征程上，公安文学的成长、壮大、成熟和发展，必然成为一道亮丽的风景。

第三节　成熟的创作队伍形成公安文学的主流

签约作家制度在全国公安系统的确立，基础是公安文学创作队伍的成长壮大，日益成熟；是公安文学的飞速发展。

曾经有理论工作者提出公安文学“边缘性论”的说法，认为：“公安文学有着很明显的边缘性。它首先是公安事业的一部分。作为这一部分它有着与公安事业共同的行为宗旨与价值追求。它要为整个公安事业服务，它的发展也应与公安事业的发展相应称；同时，它又是中国民族文化和社会主义文学的一部分。作为这一部分，它与其他题材文学或曰纯文学既有相同的共性又有自身的特征（或曰个性）。”①

“边缘性论”的说法，就其论据而言，对公安文学的定位还是比较准确的，但其结论不敢苟同。而且时代发展已经证明，公安文学因其鲜明的主题和独特的内容，以及在文学质量上不断的提升，已经当之无愧地成为中国文学中的重要一支。

随着公安工作改革的不断深入，公安队伍年轻化、知识化程度越来越高，公安文学的认知程度和创作基础也越来越广泛和坚实。公安作家队伍不断壮大，创作水平不断提升，个人风格日见凸显。公安文学曾经与整体中国文学事业的明显差距在不断缩小，甚至已经基本消除。在各种文学主流期刊、出版社、

① 曹大良：《从公安文学的边缘性谈开去》，《文学艺术笔谈》群众出版社 2019 年版。

网络文学平台、影视出版单位，公安题材作品和公安作家的名字，已不再鲜见。曾经存在于文学界的对公安文学的藐视和低估，已经逐渐销声匿迹。公安文学已经可以骄傲地宣称，公安文学，已经成为中国社会主义文学事业的重要组成。

一批中青年公安作家已经崛起。他们在文学上的起点远远高于他们的前辈，因为他们大多在“文化大革命”后接受了系统教育，在改革开放中逐渐成长；思维敏捷，眼界开阔，对东西方文化都有清醒的认识、分析和吸收、借鉴；对公安事业既有真诚的热爱，又具理性的思考和更深层面的认知。他们的作品，基本上已经摆脱了公式化、经验化的窠臼，掌握了以文学思维来观察和讲述故事、塑造人物的能力，并且更注重强调坚守个人的文字风格特点，追求鲜明的文学风格呈现。这一批优秀的中青年公安作家，尽管仍然存在各种各样的不足之处，但无疑是公安文学繁荣发展的希望所在，前景所在。

初曰春、张暄、张弛（新疆区公安厅）、孙学军、范玉泉（云南公安出入境管理局）、苏雨景、朱建平、喻强（四川省广元市公安局）、胡金岚（北京市公安局）、米可（安徽省淮南市公安局）、艾诺依（北京铁路公安局）、贾新城、刘屹东（重庆市公安局）、娜仁高娃（内蒙古区鄂尔多斯市公安局）、聂耶（湖南省株洲市公安局）、王向明（江苏省扬州市公安局）、王东海（江苏省南通市公安局）、土曼河（吴庆友，新疆维吾尔自治区乌鲁木齐公安局）、沈雪（贵州省黔东南自治州公安局）、徐振江（内蒙古通辽市公安局）等，这个名单还可以拉得更长，因为有更多优秀的公安文学创作者还在默默的努力之中。

这一批中青年作家的特点主要表现在以下几个方面。

对社会生活的认识更加全面而客观。改革开放的社会环境，必然在他们的成长过程中留下了深刻的印迹。拥护中国共产党的正确领导，拥护中国特色社会主义制度，树立起正确的人生观和价值观。同时，他们也对社会客观存在的种种现象有独特而深刻的认识与思考。在创作实践中，他们已经学会把自己对社会的观察与理解，与自己所从事的公安工作有机结合，并且用这种结合所生发出的具有独创性的观点，对社会现象种种进行剖析和反思。值得注意的是，绝大多数公安作家的思考越来越趋于理智和客观，他们对应该坚持的，旗帜鲜明地坚持；对应予批判的，毫不留情地批判。而对发生在人民群众中的各种悲欢离合，给予了最大、最温暖的宽容。他们对社会的关注与认知，带有强烈的公安色彩，也打下了浓重的英雄主义烙印。

对公安工作的认识更加理性而深刻。这一批中青年公安作家，绝大多数长期工作在公安机关基层，公安工作的独特性，已经为他们的思想和行为无形中规定出了严格的范围和方向。但善于独立思考的他们，面对自己在沉重工作中常常所处的两难状态，面对自己所担负的职责和使命，面对自己身边那些赴汤蹈火的亲密战友，他们的思维方式已经被锤炼出了公安作家独有的经度和纬度。他们不仅仅沉浸于时时发生的壮烈与悲痛，他们还会自觉地在壮烈与悲痛中捕捉那些昂扬向上的因素与细节，并且知道把这样的因素与细节化为文学的语境。他们因此对公安工作既亲密无间，又努力保持一定的距离，在这种距离之间的，是他们的理智与情感，是作为文学工作者的使命和责任。他们用自己的努力，在英雄主义的基石上，涂抹更艳丽更夺目的色彩。

对文学创作的热爱更加执着而清晰。他们肯定是热爱文学的，但他们的热爱和一般的文学爱好者深有不同。他们的热爱里融入了更多职责和使命的成分。他们一方面如苏联著名作家高尔基所说，“对文学工作的渴望基本上是个人的一种自然的、健康的愿望，他想用文字来表现和描绘人们的内心生活外部生活的无穷尽的形形色色的现象”，另一方面又牢记俄国作家车尔尼雪夫斯基“文学是人的生活的教科书”的名言，用自己热爱的文学担负起重要的社会责任。更重要的是，他们自觉地用文学来抒发对自己所从事的职业的热爱和使命感，这种双重的热爱，使他们的文学之路走得尤其庄严而充满仪式感。

1978 年至 2018 年的四十年，沧海桑田，人间巨变，中国踏上了高速发展的快车线。回首四十年间的公安文学发展历程，着眼当下公安文学的发展现状，欣喜之余，深感责任重大。从目前看，公安文学创作出现的一些令人瞩目的现象，从文学的角度分析研究，应是公安文学未来进一步发展繁荣的正确选项。

一是进一步明确了公安文学的定义、宗旨和主流方向，坚定不移地举起英雄主义的旗帜。习近平总书记指出：“一个有希望的民族不能没有英雄，一个有前途的国家不能没有先锋”，他在接见全国公安系统英雄模范时要求：“我们要在全社会大力弘扬公安英模精神，推动培育和践行社会主义核心价值观，凝聚起全国各族人民为中国特色社会主义事业共同奋斗的磅礴力量。”习近平总书记的指示，无疑为公安文学的发展指明了方向。

二是进一步拓宽了公安文学的内容领域和文学视野，形成了丰富多彩的文学世界。2019 年第十三届“五个一工程”奖，唯一获奖的公安题材作品是韩青辰的儿童文学小说《因为爸爸》。近年来，在公安文学领域，不少作家都在尝试更新的角度和更宽阔的视野，甚至更独特的文体。小说、诗歌、散文、报告文学，都呈现出多样化的形态。文学样式的边界也在被突破，散文体小说、微信体小说、童话绘本等都有出现。微电影更是得到了有关部门的大力推广。新的观察角度，新的思维模式，新的文体样式，使公安文学成为丰富多彩的文学世界。

韩青辰著《因为爸爸》，江苏凤凰少年儿童出版社 2017 年版

三是文学水平在稳步提高，旧的公式化写作模式已经被摒弃。经过不懈的长期努力，公安文学终于摆脱了长期存在的模式化写作，一批优秀作家逐渐找到了自己的创作方向和奋斗目标。他们在文学的路上行走得越来越快、越来越稳定，也越来越顺畅。他们在坚守公安文学主旨的前提下，对文学本真的追求越来越清晰明确，越来越显示出他们自己的文学个性。吕铮的激情，李晓重的幽默，初曰春的平实，孙学军的冷静，刘少一的稳重，张暄的冷峻，张弛的恣意，聂耶的凝练，崔楸立的精致……都成为了他们自己独特的文学标志，而牛筱刚的先锋文学探索，张遂涛的文化性思考，娜仁高娃对于民族性的执着，等等，都已经在公安文学的领域中留下了鲜明的个人印迹。

四是对市场化运作的适应与尝试，使公安文学的影响力有了新的拓展。在这一方面，网络公安文学的突破是为先锋，文学作品向影视（包括动漫、游戏）方向的转化是为重头戏。2018 年，在由中作华文传媒有限公司、全国公安文联、天津市作协共同主办的第二届“燧石文学奖”的入围名单中，有江宁婆婆（王海丁，男，江苏省南京市公安局）的长篇小说《江宁探案录》。江宁婆婆是全国十大政务微博之一的“江宁公安在线”的运营者，是一名网络红人。他的创作完全遵循了网络小说的创作模式。而另一篇也与侦探推理有关的作品《北洋夜行记》创作团队获特别小说奖，因为这部小说开创了团队集体创作的新模式。吕铮的《三叉戟》，在此次评奖活动中获得长篇推理小说一等奖，之后，迅速被影视界看好，改编成电影和电视剧。可以预见，公安文学，特别是侦探推理题材，将长期占据网络文学的主要版面，并成为影视创作的最好素材。

应该承认，公安文学发展到今天，仍然有许多理论上和实践中的问题尚未根本解决，我们前面的路还很长。但总体而言，公安文学经过1978年至2018年这四十年的奋斗发展，已经基本完成了从初期启蒙时的苏醒，到今天高速发展的艰难过程，正在向着更加光明的前景迈进。我们可以充满信心地预料，优秀的公安文学作家和文学精品在不远的将来会更多地出现，公安文学的繁荣指日可待。

第四节　新型传播方式为公安文学打开新天地

随着科技的高速发展，文艺的传播途径也越来越多，越来越便捷化、网络化。这种科学技术的变化，已经深深影响了文艺的传播形式，甚至创作形式。在公安机关，科技手段的进步和推广，不仅加速了公安工作的进步，也大大影响和推动了公安宣传文化工作的开展，对公安文学创作的影响也不容小觑。而我们可以看到，公安作家们是勇于接触和接受新鲜事物的，网络公安文学的迅猛发展，微电影、微视频等视频作品的大量产出，微信文学公众号的频频亮相，都表明新型传播方式不仅没有制约公安文学的发展，反而为公安文学打开了一片新的天地。

对于网络文学，公众有一个从陌生到接受再到熟悉甚至喜爱的过程。“新世纪以来，网络文学日渐盛行，成为新世纪最耀眼的文学思潮。新媒体的介入，伴随着新世纪的美学思潮更迭，推动着这一代的文学样式日益庞大，释放了年青一代的青春梦想和激情。”① 中国作家协会副主席、著名评论家李敬泽则给予了

① 肖惊鸿：《丰富世界的网络文学创造》，搜狐网2019年8月第7版。

网络文学更高的评价："网络文学是新生事物，也是一片充满活力的文化热土，是中国特色社会主义文学生机勃勃的组成部分。"

我们前面已经简要介绍过，在公安机关，网络文学的发展有着一个非常有意思也非常符合公安工作特殊规律的过程。公安机关是较早使用网络的国家机关之一，网络在公安工作中发挥的作用十分重要，它在推动刑事侦查、治安管控、人口管理等方面都起到了彻底改变旧有工作模式、创造全新工作理念和方法的作用。特别是面临着网络新媒体、自媒体的巨大压力，公安宣传工作也不得不进行改革创新，网络在对外宣传、舆情掌控上都发挥着越来越重要的作用，同时，网络也随之介入到公安机关内部的思想教育、文化教育工作中，面对越来越多的青年民警，网络无疑是他们最能接受也最喜爱的交流沟通方式，成为以"随警作战"为特点的公安思想政治工作的重要工具。

这其中必然产生出推动公安文学（特别是公安网络文学）创作的能力和动力。有不少公安网络作家都是从本单位思想政治工作网站的文学栏目中开始了自己的文学之路的。

不要小看这些发表在内部网站上的小诗歌、小散文，这是公安文学在新时期中不断发展繁荣的强大基础，它源源不断地培养着文学新人，向外输送着逐渐成熟了的文学力量。

这让我们不禁回忆起 20 世纪 80 年代至 90 年代，公安文学发展的初期阶段，各地公安法治期刊蓬勃发展的状态。如果说当时的公安法治期刊培养出了新时期第一代公安作家，那么今天的网络正培养和产出着具有全新思维、全新理念和全新创作手法的新一代公安作家。

我们前面已经陆续介绍过如雷米、秦明等优秀的公安网络作家，也介绍了如天下归元、沧溟水等从事其他题材网络文学创作的公安系统作家，介绍了如“超级小青年”等活跃在微信上的公安文学公众号。其实，今天的网络于任何一位作家来说都不陌生，如吕铮、李晓重等作家也都曾涉足网络。我们甚至可以预见，网络文学将是公安文学未来发展的一个方向，网络将把公安文学带向一条全新的发展途径。

网络文学的想象力和自由度，为公安文学创造出了新的表述方式。除了发表上的便利之外，网络给作家的启发和冲击，更多的是在创作思想的更新和创作手法的变革上。想象力的丰富甚至漫无边际，文字上的恣意甚至突破传统笔法，时代和历史的随意穿越甚至颠覆，对错姑且不论，对读者的冲击力是巨大的，对文学的本身的冲击力也是巨大的。在这样的情况下，公安网络作家突破创作上的某种束缚，寻求新的创作模式，也是一种必然。雷米、秦明等在这方面的创新尝试应该说基本是成功的。

网络文学的商业性和市场化，为公安文学拓展出了新的文学阵地。网络文学的生存，完全依靠读者的点击率，形成了独特的商业性和市场化的运作方式。这种情况下的生存是残酷的，是时刻要面对激烈的竞争的。但是，公安文学先天具备的神秘性、曲折性和字里行间洋溢着的英雄主义情结，都为公安网络文学打开市场提供了先决条件，使之成为网络文学类型化中的一大类型，并且在借鉴与尝试中吸引诸如恐怖、科幻、武侠等艺术手法，演变出了诸多新的“变种”。

网络文学的随意性和混乱状态，引起了公安文学的极大警惕和抵制。不能否认，由于网络的自由特性，网络文学创作存在很大的随意性，甚至有些时候存在着相当混乱的状态。价值观的模糊甚至颠倒，血腥恐怖的过度渲染，对历史真实的随意颠覆，都是广大受众诟病网络文学的理由。而这一切，引起了从事网络文学创作的公安作家的高度警惕，职业操守使得他们自觉地在网络上做到了坚守底线，在文字创新的前提下确保了公安形象的鲜明和公安工作的正能量传播。在浩如烟海的网络文学中，公安文学如一股清流，显示出坚强而不可战胜的力量。

中国作家协会对网络文学的迅猛发展高度重视，成立了专门机构，加强对网络文学和网络作家的研究、引导和扶助。全国公安文联也于 2016 年 4 月宣布成立了全国公安文联网络文学学会，旨在加强对公安网络文学创作的管理和引导。

当前，网络文学已经发展到相当成熟、有序的程度。网络平台的影视创作与播出，也已经逐步成为中国影视事业的重要组成，甚至已超越传统的影院、电视台等上映播出单位，成为受众，特别是年轻受众的首选娱乐方式。公安宣传文化管理部门和网络公安作家们的视线，也已经开始向这一领域投射。2019 年 10 月，为庆祝新中国成立七十周年，腾讯组织了“光影英雄季”展映活动，播出的五部影片中，首次反映西藏民警工作生活的《八角街》（崔民）和反映基层派出所工作的《民警攻略》（关悦，根据张国庆小说《子丑寅卯》改编），都受到了好评。这两部影片，分别由北京三影观颐影视公司与天津北方电影集团、天津圆点文化传播公司拍摄，全国公安文联全程参与了策划、创作和拍摄工作。网络影视，将是公安文学未来一个新的主攻方向。

电影《民警攻略》，北方电影集团 2019 年出品

综上所述，我们可以得出这样的结论：公安文学的发展，在早期公安文学的发展基础上，历经“文化大革命”后四十多年的迅猛发展，已经在新时代改革开放的洪流中得到了锻炼，壮大了队伍，增强了实力，端正了方向，进入了繁荣发展最好的时期。我们前面的路还很长，但前途一片光明！

在中国文联第十次、中国作协第九次全国代表大会开幕式上，习近平总书记深情地说：“实践充分证明，广大文艺工作者心怀祖国人民、响应时代召唤、追求艺术理想，是一支有智慧有才情、敢担当敢创新、可信赖可依靠的队伍。党和人民感谢你们！”

习近平总书记的讲话，是对全国文艺工作者的鼓励，更是对广大公安文艺工作者和文学创作者的鼓励。回首 1978 年至 2018 年的四十年路程，公安文学自沉睡中苏醒，随着时代的前行而努力奋斗，终于在今天当之无愧成为中国社会主义文学的重要组成，成为前进中的公安工作的重要组成。这是几代公安作家的心血凝成的结果，更是社会主义祖国腾飞的见证。回顾和总结四十年的公安文学繁荣发展，我们将更加努力，砥砺前行，潜心创作，创造公安文学更辉煌、更亮丽的明天！

后　记

这部书有三个遗憾。

一是它的体量和体例，特别是理论高度和叙述模式，都远远够不上公安文学史的资格，至多不过是一部相关资料而已。编纂中国公安文学史曾是我的一个梦想，可惜到了退休之时，这梦想仍然遥不可及。我有自知之明，知道凭我一己之力是搞不出文学史的，我只能靠我的零星记忆，为将来有后来者将梦想变成现实时，提供一点可以参考的东西。

二是书完成的时间有些晚了。回顾自 1978 年至 2018 年的公安文学发展情况，如能在 2019 年内奉献给读者，应该是合适的。但由于搜集资料、回忆过往、核实史实、构思章节直至动笔写作，于我来说都是艰难的过程，这之间又有着七七八八的种种干扰，特别是 2020 年初的这一场新冠病毒疫情暴发，时间就拖了下来。到书稿修订完成时，公安文学的发展浪潮又已经向前推进了。

三是由于自己终归还是眼界有限且力有不逮，这部书里遗漏的内容应该有许多。应该记录而未记录的作家，应该提及而未提及的作品，应该叙述而未叙述的事件，都是有的。甚至，还可能有因记忆有误而出现的错误。在此，我向可能涉及的同志致以最真诚的歉意，并且郑重地向你们说明，所有的错误都不存在什么不能说出口的隐秘心思，只是我的能力有限。

大半年的搜集资料、核对事实、查阅典籍、撰写文稿，累是累的，也很烦琐，但总有一种情愫支持着我，搞了一生的公安文学，在步入老年的时候做一点可能有意义的事，心里终归是高兴的。

还要感谢为我这部书的写作提供了无私帮助的各位师长和朋友。没有你们的热情支持，我是无法完成这部书的写作的。我以感恩的心，将你们的名字记录在这里，以表达我的敬意：

祝春林、孙洁、杜元明、马超、魏人、金锡光、杨锦、何涛涛、林树龙、高乾、张蓉、李国强、易孟林、张曙、宗利华、刘俊荣、娄玉振、秦玉滨、初曰春、陈晨、李动、方培、郭水华、彭祖贻、孙丽萌、马德仲、刘蔚、迟滨光、李建生、吕铮、李晓重、梁桐纲、李峰、高克芬、张明、程琳、秦明、刘鹏、余健、许灏恒，以及更多的同志。

感谢责任编辑魏安莉女士，为本书所付出的辛劳。

还要感谢夫人周燕妮，对我的工作给予了最大的理解和支持。

图书在版编目（CIP）数据

公安文学四十年 / 张策著 . —北京：群众出版社，2020. 5
ISBN 978-7-5014-6102-8

Ⅰ. ①公…　Ⅱ. ①张…　Ⅲ. ①中国文学—当代文学—文学史研究
Ⅳ. ①I209. 7

中国版本图书馆 CIP 数据核字（2020）第 049743 号

公安文学四十年 张策　著

出版发行：群众出版社
地　　址：北京市丰台区方庄芳星园三区十五号楼
邮政编码：100078
责任编辑：魏安莉
封面设计：王紫华
责任印制：李铁军
印　　刷：天津盛辉印刷有限公司

版　　次：2020 年 6 月第 1 版
印　　次：2020 年 6 月第 1 次
印　　张：8. 25
开　　本：880 毫米×1230 毫米　1/32
字　　数：158 千字

书　　号：ISBN 978-7-5014-6102-8
定　　价：58. 00 元

网　　址：www. qzcbs. com
电子邮箱：qzcbs@ souhu. com

营销中心电话：010-83903254
读者服务部电话（门市）：010-83903257
警官读者俱乐部电话（网购、邮购）：010-83903253
文艺分社电话：010-83903973

本社图书出现印装质量问题，由本社负责退换
版权所有　侵权必究